열네 살 까탈소녀 루이즈의 희망다이어리

춤추는 휠체어

야엘 아쌍 지음 | 박아르마 옮김

한울림스페셜

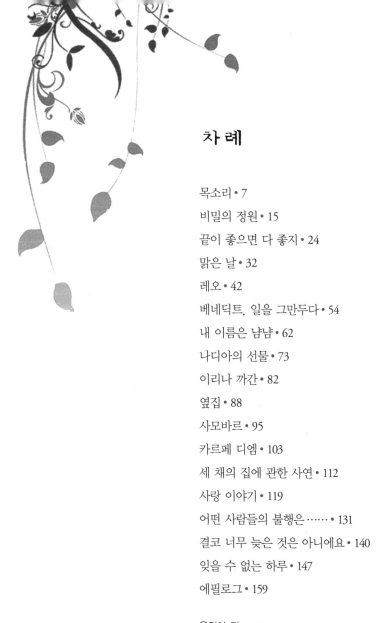

차 례

목소리

벽 저편에서 울창한 담쟁이덩굴을 타고 올라 흘러드는 저 목소리의 주인공은 누굴까? 조용한 내 정원의 고요함을 계속해서 깨뜨리다니. 누구의 목소리일까? 무슨 권리로 평화롭게 지내는 나를 방해하는 거지?

나는 방해받고 싶지 않다. 아무도 보고 싶지 않고 그 누구의 목소리도 듣고 싶지 않다. 나는 새의 노랫소리조차 참을 수가 없다. 새가 즐겁게 지저귀고 나뭇가지 위로 폴짝폴짝 뛰어다니는 것도 참을 수 없을 정도로 신경에 거슬린다. 새들은 날갯짓만 하면 날아올라 자유로워질 수 있다. 하지만 나는 휠체어에 꼼짝없이 갇혀서 더는 노래하지도, 뛰어다니지도, 자유롭지도 못한 신세다.

그런데 저 목소리는 왜 나를 방해하는 것일까? 내 신경을 끝까지 곤두서게 하려는 모양이다. 어떻게 하면 좋을까? 귀를 틀어막아 버려? 아니면 방에 들어가 처박혀 있을까? 그게 다 뭐람. 하나같이 성가신 일이잖아. 노인네가 곧 조용해지겠지! 저런 목소리를 내는 걸 보면 노인이 틀림없다. 아마도 노망이 난 데다 잔소리도 심한 노인이겠지. 어떻게 하면 저 노인의 입을 막을 수 있을까? 언뜻 보니 벽에는 틈 하나 없는 것 같은데. 언뜻 보기에라고 했어. 사실 벽에 대해 아는 건 아무것도 없으니까 말이야.

나는 저 벽을 제대로 쳐다본 적이 없다. 정원은 꽤 넓었지만 나는 집 가까이에 있는 정자를 벗어나본 적이 없다. 왜냐고? 왜 내가 이 정원에 관심을 가져야 하지? 난 이제 그 무엇에도 관심이 없다.

그런데 왜 호기심이 내 마음을 뒤흔드는 걸까? 일 년 전부터 사람들이 내 주위에서 웅성거리는 모습을 보고 싶지 않아 사람들한테서 관심을 끊었는데 말이다. 나는 나 자신을 외톨이로 만들고 건강한 사람들을 내 앞에서 쫓아낸 것이 만족스러웠다. 그들은 하나같이 동정 어린 태도에 불쌍하다는 듯한 눈길로 나를 바라봤다. 그건 정말 견디기 힘든 일이었다.

전화를 받지 않아 벨소리가 한참 동안 저 혼자 울리기도 했다. 엄마는 번번이 애원하듯 눈물지으며 사정했다.

"애야, 제발 전화 좀 받으렴. 나디아가 열 번도 넘게 전화했어."

엄마는 그렇게 전화기를 들고 내 앞에 꼼짝 않고 서 있고는 했다. 엄마는 왜 내가 나디아, 제시카, 마르탱, 줄리앙, 그 누구에게도 더는 관심이 없다는 걸 이해하지 못한 걸까? 그 아이들은 내게 백 번은 더 전화를 했을 거다. 그래 봤자 나는 조금도 마음이 쓰이지 않았을 거다. 아이들은 나를 완전히 잊게 되었고, 결국 나는 평온을 얻었다.

내 방에 억지로 들어오려고 한 적도 몇 번 있었다. 하지만 내가 끝내 방문을 열어주지 않자 엄마는 아이들을 말릴 수밖에 없었다. 그때 엄마는 틀림없이 난처했을 것이다. 어쨌든 우리는 이사를 해야 했다. 아파트 문이 크지 않아 소파를 내가기가 쉽지 않았다. 나는 그곳을 떠나는 게 싫지

않았다. 그곳에 있으면 나의 지난 시절이 끊임없이 생각나
곤 했으니까.

엄마 아빠는 정원이 넓은 이 큰 집을 골랐다. 나를 위해
서, 내가 편하고 행복할 수 있도록 이 집을 고른 거다. 편하
고 행복하게라니, 얼마나 그럴듯한 말인가! 어쨌든 나는 엄
마 아빠가 이 집을 고르고 내가 살 곳을 마련하는 동안 아
무런 신경도 쓰지 않았다. 이사하는 동안 아무런 관심도 보
이지 않았고 무심하게 한 마디도 하지 않았다.

이곳에서 첫 여름을 보내는 동안 나는 정원에는 눈길도
주지 않은 채 그저 앉아서 한동안 시간을 보냈다. 아빠는
애써서 정원을 꾸몄고 작은 길도 냈다. 내가 정원을 쉽게
돌아다닐 수 있도록 말이다. 하지만 나는 그늘이 드리운 정
자로 이어지는 잘 닦인 길을 보며 고집스럽게 불만을 드러
냈다. 꽃 피고 푸른 잎이 우거진 정원의 풍경에 등을 돌리
고 모른 체했다. 그런데 갑자기 그 정원이 나를 불러 세운
것이다.

아니, 나를 불러 세운 것은 정원이 아니다. 그건 목소리
다. 그 목소리가 당치도 않게 내 고독을 깨뜨리고 나처럼

영원히 잠들어 있다고 생각했던 내 호기심을 일깨우기 시작한 거다. 그 목소리의 정체를 알아내려면, 그래서 그 입을 닫게 하려면 정원을 탐색하기 위해 나서야만 한다. 정원을 탐색하고 정복해야 한다.

자, 담쟁이덩굴로 무성하게 뒤덮인 벽을 따라가 볼까? 길에는 함정이 도사리고 있다. 이쪽에는 나무 그루터기가 버티고 있어 돌아가야 하고, 저쪽에는 길을 가로막는 나뭇가지 더미가 있다. 좀 더 멀리에는 퇴비를 나르는 데 쓰는 외발 손수레가 있다. 갑자기 베네딕트의 앙칼지고 날카로운 목소리가 들려온다. 내 보모인 베네딕트는 처음으로 나를 시야에서 놓친 거다. 지금껏 한 번도 그런 적이 없었는데 말이다. 그 꼴을 보니 웃음이 나는군. 내가 자리를 벗어나리라고는 생각도 못 했겠지. 깜빡 졸았다 해도 내가 시야에서 사라지는 것을 본 적이 없으니까. 그러니 지금 제정신이 아니겠지.

"루이즈! 루이즈! 얘, 어디에 있는 거야?"

보모인 베네딕트가 울다시피 소리를 질렀다.

베네딕트에게 대답을 했느냐고? 내가 대답을 안 하면 곧

바로 나를 찾으러 나설 거다. 그러니 차라리 안심시키는 편이 낫지.

"베네딕트, 나 여기 있어, 정원 안쪽이야!"

"아니, 거기에서 뭘 하는 거야?"

'저린 다리를 풀고 있지, 뭐 하겠어!'

사실은 이렇게 소리치고 싶었다.

솔직히 말해서 휠체어에 앉아서 뭘 할 수 있겠는가?

"베네딕트, 나 탐색을 하고 있어. 뭔가를 발견하려고 말이야."

잘못된 꾀였다. 확실히 그런 말을 해서는 안 되는 거였다. 그건 베네딕트에게는 너무 엉뚱한 말이었으니까. 아니나 다를까, 베네딕트는 눈을 동그랗게 뜨고 벌겋게 상기된 얼굴로 급하게 달려와서는 두 손으로 가슴을 쓸어내렸다.

"루이즈, 괜찮은 거야?"

베네딕트 눈에 눈물이 그렁그렁했다. 내가 곧바로 여느 때와 같은 냉담한 모습으로 돌아가지 않았다면 내 발치에 쓰러지고 말았을 거다.

"베네딕트, 날 내버려둬. 나도 이 정도는 돌아다닐 권리가 있잖아, 안 그래?"

옳거니. 내 심술궂은 말투에 베네딕트는 곧 안심이 되는
것 같았다. 베네딕트는 알아듣기 어렵게 뭐라 말하더니 돌
아서서 혼자 중얼거리며 멀어져 갔다.

베네딕트는 마치 엄마 같다. 감시자라니까, 정말! 아니,
자기가 곁에 없으면 내게 무슨 일이라도 일어날까 봐? 어떻
게 하면 벗어날 수 있을까? 어떻게 하면 도망칠 수 있을까?
작지만 튼튼한 내 두 팔과 날쌘 휠체어만으로 혼자서? 집에
있는 것보다 따분하지도 않고 나쁜 일도 아니니 사람들을
만나러 가는 건 어떨까? 무슨 소리! 열네 살에 보모를 둔 데
다 나약하기까지 하다니!

이제 베네딕트가 가버렸으니 계속 가보자. 그런데……,
목소리가 잠잠해졌다. 갑자기 노인네가 조용해졌다. 치, 정
신 나간 노인네가 찍소리 못하도록 입을 다물게 하면 참 재
미있었을 텐데. 잡쳤군! 그래도 정원 안쪽으로 들어가는 걸
여기서 멈출 순 없지. 하지만 쉽지는 않은걸. 작은 나무들
이 빽빽하게 늘어서 있어 간신히 지나갈 수 있잖아. 드디어
도착했다! 두 팔이 욱신거리고 숨이 가빴다. 꽤 오래전부터

아무 일도 하지 않아 근육에 힘이 하나도 없었다. 그런데 마침내 그 근육들이 깨어나서 바쁘게 움직이더니 마비 상태에서 빠르게 벗어나게 된 거다. 정말, 굉장한 날이다!

비밀의 정원

이번에는 엄마의 놀란 목소리 때문에 가던 길을 되돌아와야 했다. 그런데 이 시간에 엄마는 집에서 뭘 하고 있지? 여섯 시밖에 안 됐는데! 엄마가 이렇게 일찍 돌아오는 법은 결코 없었다. 베네딕트가 엄마에게 내가 삼백 미터나 몰래 빠져나갔다는 걸 알린 것일까? 두 사람이 오기 전에 여기서 서둘러 떠나야 해. 나디아가 잘 쓰는 말로 하자면, '토끼는' 거지.

나디아…… 슬픔이 치밀어 오른다. 무슨 일이냐고? 기운이 쏙 빠진다. 내 머릿속에서 나디아가 어떤 모습으로 떠오르느냐고? 나디아를 떠올린 적은 없어. 저리 가버려! 아무

13

도 필요 없어. 나디아든 다른 누구든 말이야. 바퀴를 굴리자, 정원의 정자 쪽으로! 바퀴를 굴리자. 그러면 과거의 망령을 쫓아내고 으스러뜨릴 수 있다. 내가 남몰래 멀리 빠져나온 것을 엄마가 알아채기 전에 선수를 쳐야 해. 이제 정원의 한 귀퉁이는 내 것이 될 것이다. 나는 정말이지 나 자신만을 위한 공간을 가질 권리가 있다. 이곳은 비밀의 정원이다. 작은 나무 장막 뒤에 숨겨진 자유로운 공간이지. 그 무엇도 이곳에 발을 들여놓을 수 없다. 내 휠체어의 네 바퀴만이 나만의 섬에 있는 풀밭을 밟을 수 있다.

저녁식사는 끔찍했다. 내 이야기를 듣고 싶어 하는 엄마 아빠를 곁눈질로 봤다. 아빠는 내 얼굴이 좋아 보인다나. 엄마는 내가 흥분되어 보인다고 하고. 나는 잠자코 있었다. 아무 말도 하고 싶지 않았다. 오늘 일어난 새로운 일에 대해 엄마 아빠에게 말하고 싶지 않았다. 방에서 거울을 쳐다본 일을 말하고 싶지 않았다. 내 얼굴을 일부러 보지 않은 지 일 년은 되었다. 그렇지만 사실은 내 얼굴을 보고 싶었다. 나 자신을 정말로 보고 싶었다. 내 모습은 많이 바뀌었다. 몸은 몹시 말랐고 두 뺨은 움푹 들어갔다. 그래도 눈은 반짝거렸다. 한 번인가 눈물이 고여 눈이 반짝인 적도 있지만 말이다. 그래, 오늘은 진짜 무슨 일인가가 일어난 거다. 이 모든 일이 이웃집 정원에서 들려온 그 노쇠한 목소리 때문이라고 믿고 싶지는 않았다. 나는 한참 동안 빗질을 했다. 나는 얼굴에 다시 활력을 찾고 아빠가 들어오기를 기다렸다. 아빠와 엄마가 방문 앞에서 낮은 목소리로 말하는 것이 들렸다. 아빠와 엄마는 늘 그랬다. 아빠는 내 방에 들어오기 전에 엄마에게 내가 잘 지내느냐고 묻곤 한다. 곧이어 나에게 직접 물으면서 말이다. 바보 같은 일이다. 엄마가 뭘 알겠어? 엄마가 어떻게 내 일에 대해 아빠에게 말할 수 있겠어? 엄마는 내 마음이 어떤지 모르는데 말이다. 누군가에게 내 비밀 이야기를 털어놓아야 한다면, 물론 그 사람이 엄마는 아닐 것이다. 아빠는 더더욱 아니지. 그럼 누구에게? 물론 그 누구에게도 아니다. 내 주위에는 아무도 없으니까. 그런데 갑자기 왜 이런 생각이 드는 건지 모르겠다. 누군가에게 내 속내 이야기를 털어놓고 싶은 마음은 조금도 들지 않았는데. 일기를 쓰기로 결심한 적은 있다. 그게 나한테 좋을 거라고 생각했거든. 하지만 누군가가 보게 될지도 모른다는 두려움에 그것도 포기하고 말았다. 아참, 아빠가 문밖에 와 있지. 아빠는 내 방문을 점잖게 세 번 두드리고 들어왔다. 입가에는 어색한 미소를 머금고. 아빠는 내가 사고를 당한 뒤 늘 그런 미소를 띠고 있다. 정말이지 그건 미소가 아니다. 거의 울상이라고나 할까. 모든 사람들이 내 주변에서 울상을 짓고 있지. 억지웃음에 억지로 꾸민 말까지. 사람들은 나를 조심스럽게 대하고 곁눈질로 쳐다본다. 수군거리기도 하고. 내게 어떻게 대해야 할지 몰라 결국에는 나를 혼자 있게 내버려두지. 그건 내 잘못이다. 나도 안다. 모든 게 내 잘못이다. 하지만 그래도 괜찮아!

"엄마가 그러던데 네가 정원 안쪽까지 겁 없이 돌아다녔다며?"

나는 고개를 끄덕였다. 스스로 함정에 빠진 거지. 엄마와 베네딕트에게 잠자코 있어 달라고 부탁했어야 했다. 어쨌든 그 일은 두 사람하고 상관없으니까. 다행히 아빠는 더 캐묻지 않았다. 내가 더는 말하고 싶어 하지 않는다는 걸 알아챈 거다. 아빠는 일어서더니 내 이마에 입을 맞추고 방을 나갔다.

하지만 밥을 먹는 자리에서는 무거운 침묵이 흘렀다. 엄마는 내게 무슨 일이 일어났는지 알고 싶어 한눈에도 안절부절 못하는 것처럼 보였다. 왜 느닷없이 태도가 변했는지 알고 싶은 거겠지. 엄마에게 걱정을 끼쳤다는 건 잘 알고 있다. 어쨌든 나는 언젠가부터 엄마에게 걱정만 끼쳤다. 하지만 내게 무슨 일이 일어났는지 어떻게 설명할 수 있겠어? 내 마음이 어떤지 나 자신에게도 설명하기 힘든데 말이야. 엄마가 정말로 너무 슬픈 표정을 지어서 나는 마침내 입을 열고야 말았다.

"나 오늘 기분이 좋은 것 같아."

보아 하니 내가 잘한 것 같다. 내가 보기에는 굶주린 개에게 맛깔스러운 뼈다귀를 던져준 것 같았다니까. 엄마는 갑자기 기쁨에 들뜬 듯 보였다. 내가 인정머리 없다는 건 안다. 엄마 아빠가 내 아픔을 덜어주기 위해서라면 뭐든지 다 한다는 것도, 내가 일부러 저지르는 나쁜 짓을 무조건 받아주어야만 하는 사람들이 아니라는 것도 알고 있다. 하지만 어쩌겠어, 다 그런 것 아닌가? 엄마 아빠와 있으면 심술궂게 되는 걸 어떡해. 주위에 다른 사람은 없으니 어쩔 수 없잖아. 엄마 아빠에게 대신 화풀이라도 하는 것 같다니까. 그게 옳지 않다는 건 안다. 하지만 내게 주어진 삶도 온당하지는 않은걸.

내게 무슨 일이 일어난 걸까? 오늘처럼 후회가 밀려온 적은 결코 없었다. 엄마 아빠에게 마음을 쓰고 좀 더 다소곳해져야 한다고 생각한 적은 한 번도 없었다. 머릿속이 온통 뒤죽박죽이어서 잠을 들 수가 없다. 엄마가 소리 높여 웃는 소리가 내 방까지 들려왔다. 처음으로 엄마가 웃은 거다. 나는 웃음소리를 더 듣고 싶었다. 엄마가 웃는 소리를 다시 듣고 싶었다. 예전처럼 웃는 것을. 둘이서 아무 일도 아닌데 웃는 것 말이다. 아, 그만 눈물을 터뜨리고 말았다. 이렇게 우는 것도 참 오랜만이다. 울음보가 터진 것 같았다. 그냥 흐느껴 우는 정도가 아니었다. 눈물이 그렁그렁 맺히더니 막 쏟아져 내렸다니까.

문득 어떤 영상이 주마등처럼 스쳐갔다. 더는 보고 싶지 않고, 번번이 있는 힘을 다해 떨쳐버리려던 모든 영상들이. 사고를 다시 기억하고 그 뒤 있었던 모든 일들을 떠올리는 것이 정말 두려웠으니까.

그런데 그 영상들이 다시 떠올랐다. 나는 그 영상들을 밀어내지 않았다. 그 영상들을 똑바로 바라보는 데까지는 성공했다. 그리고 조용히 잠이 들었다. 나는 악몽에 시달리지 않았다. 한밤중에 잠에서 깨지도 않았다.

아침이 되어 눈을 뜨자마자 정원 쪽으로 나 있는 창을 바라봤다. 그러자 일어서고 싶어졌다. 물론 말로만 그럴 수 있지만. 내게 일어선다는 것은 잠자리에서 나온다는 것을 뜻한다. 예전에는 침대를 벗어나기 싫었는데 말이다.

하지만 오늘 아침에는 일어서고 싶을 뿐 아니라 배가 고프기까지 했다.

"베네딕트, 나 배고파!"

깜짝 놀란 베네딕트가 재빨리 침실로 달려오더니 내 이마를 짚어보더라니까. 왜 이렇게 성가시게 구는 거야!

"배가 고프다고 했잖아! 아픈 게 아니고!"

나는 욕실로 가서 힘차게 양치질을 하면서 말을 쏟아냈다.

"따뜻한 코코아, 시리얼, 토스트, 버터, 잼, 사과 주스. 모두 정자로 갖다 줘, 베네딕트!"

베네딕트는 얼어붙은 채 방 한가운데 꼼짝 않고 있더군.

"부탁해요, 베네딕트." 하고 내가 아무렇지도 않게 덧붙여 말했다.

나는 알고 있다. 베네딕트는 내가 친절하게 구는 데 익숙하지 않다는 것을 말이다. 베네딕트는 와락 울음을 터트리더니 깔개가 젖을 만큼 눈물을 쏟았다니까. 둘 중에 문제가 있는 사람은 내가 아니라 수발을 맡은 베네딕트야.

세면대에 물이 흐르고 있었지만 베네딕트가 전화에 대고 쑥덕거리는 소리가 들렸다. 재빨리 달려가 엄마에게 알린 거다.

"부인, 나에게 확실히 그렇게 부탁했다니까요. 정원에서, 정자 아래에서 점심을 먹겠다고 했어요!"

엄마를 생각하니 가슴이 메어지는 것 같았다. 나는 엄마가 미소를 지으며 눈을 반짝이는 모습을 떠올렸다. 희망의 탄성으로 변해갈 안도의 한숨을 알아챘지. 그래서 나는 행복을, 짧은 순간 문득 스치고 지나가는 행복을 느꼈다.

하지만 모든 일이 너무 빨리 일어났다. 나는 자제력을 잃은 것 같았다. 이 모든 마음의 동요가 정말로 내가 바라는

것일까? 악령에 홀린 것만 같았다. 이렇게 기분이 좋다는
게 내게는 어쩐지 안 어울리는 것 같았다. 왜 어제보다 기
분이 좋은 걸까? 왜 문득 삶을 다시 시작하고 싶어지는 걸
까? 왜 욕구가 다시 생기는 걸까? 그 까닭이 뭔지 정확히
알 수 없었다. 신중해지자. 내 마음 속에서 요동치고 있는
이 동요를 아직은 나 혼자 간직하는 게 좋을 거야.

오늘은 어제의 그 목소리를 다시 찾아낼 거다. 모든 것이
시작된 그 목소리 말이다.

끝이 좋으면 다 좋지

나는 여유롭게 시간을 보냈다. 욕심 많은 꿀벌처럼 즐겁게 아침을 먹었다. 베네딕트는 콧노래를 부르며 내 주변에서 수선스럽게 움직였다. 나는 욕조 속에서 한가로이 게으름을 피웠다. 나는 물속에 있는 게 좋다. 물속에서는 몸이 가벼워지는 느낌이 드니까. 자, 이제 준비됐어. 그럼, 출발, 모험의 세계로! 나는 베네딕트에게 정원 안쪽으로 갈 거라고 미리 말해두었다. 훼방꾼의 눈을 속이기 위해 시시한 책도 한 권 챙겨 들고.

그런데도 보모의 눈길은 내 등에 꽂혀 있었다. 나는 베네딕트의 음험한 눈길로부터 나를 숨겨줄 작은 나무 장막을 향해 나아갔다. 전날의 목소리는 들리지 않았다. 나는 나뭇가지와 인동덩굴이 얽힌 나뭇잎을 헤치고 벽을 따라갔다. 자줏빛 클레마티스 덤불을 거칠게 헤치며 나아갔지. 마침내 수상쩍어 보이는 움푹 들어간 곳에서 내가 찾고 있는 것을 발견한 듯싶었다. 나는 가까이 다가가서 어떻게든 해보려 했다. 손을 수없이 놀리고 위험스럽게 몸을 뒤틀며 움직여야 했지. 갑자기 휠체어의 앞바퀴가 기울면서 균형을 잃고 넘어질 뻔했다. 휴! 잘못 들어선 곳에서 나 혼자 빠져나와야 했다. 다행히 허리를 능숙하게 움직여 기울어졌던 휠체어의 균형을 다시 바로잡으며 상황을 수습할 수 있었다.

아이고! 정말 진땀을 뺐다. 넘어졌을 수도 있었다는 생각에 순간 몸이 오그라드는 것 같았다. 바보 같은 베네딕트를 불러 도와달라고 해야만 하는 상황에 빠질 뻔하다니. 하지만 이제 거의 다 되어간다. 찾았다! 내 생각이 맞았어!

내가 찾아 들어간 그곳에는 움푹 파인 공간이 있었다. 어렵사리 풀들을 뽑아내고 나자 그 뒤쪽에 꽤 낡은 나무문이 보이는 게 아닌가.

흥분되어 떨리는 손으로 손잡이를 잡았다. 구슬프게 삐

걱거리는 소리가 들렸다. 그러고는 그만이었다. 문은 빗장이 질려져 굳게 잠겨 있었다. 생각대로만 된다면 더 바랄게 없지.

다시 원점으로 돌아왔다. 뒤로 물러서기 전에 고약한 자물쇠를 날려버릴 방법을 궁리해야 했다. 나는 좀 더 가까이에서 자물쇠를 살펴보았다. 자물쇠는 완전히 녹슬어서 눌어붙어 꿈쩍도 안 할 것처럼 보였다. 그래서 내가 열쇠를 갖고 있었다고 해도 문의 빗장을 열 수 있을지 확신할 수 없었다. 뭔가 도움이 될 만한 연장이 필요했다. 집으로 돌아가면서 아빠의 연장을 손에 넣을 방법을 짜냈다. 내 목적을 이루려면 그 연장들이 꼭 필요했다. 생각에 잠겨 있느라 처음에는 목소리를 듣지 못했다. 그 목소리는 또 다른 옆집의 정원에서 들려오는 소리였다. 여자들 목소리다. 어떤 목소리는 조금 힘이 없고 다른 목소리는 꽤 젊다.

그 무렵 나는 엄마 아빠가 집을 구하기 위해 애쓰는 데 아무런 관심도 보이지 않았다. 내가 원한 것은 조용한 곳으로 이사하는 것뿐이었으니까. 나를 아는 사람이 아무도 없고 완전한 평온을 얻을 수 있는 곳 말이다. 처음 보았을 때 이 집은 확실히 그래 보였다. 하지만 아빠가 엄마에게 했던 말이 기억난다. 이웃에는 나이 든 분들이 살고 있어서 우리를 방해할 걱정이 없다는 말이었지. 그걸 말이라고! 내가 '노인네들' 한테 둘러싸이게 된 거라니까! 자, 진정해야 해! 무슨 일에나 때가 있는 법이니까. 노인네가 먼저 시작한 거다. 내가 당장 신경 써야 할 사람은 바로 이 노인이다. 그러니 본론으로 돌아가서 차고에 들어갈 방법을 찾는 데 몰두해야지. 차고에 가면 아빠의 연장통을 찾을 수 있거든.

들어가는 방법은 두 가지가 있다. 하나는 집 안쪽에서 통하는 나선 계단으로 들어가는 것이다. 하지만 내가 낙하산을 이용하지 않는 한 들어갈 수 없지. 방법이 하나 더 있긴 하다. 또 다른 출입구는 밖에 있는데, 우리가 자동차로 외출할 때 아빠 엄마가 내가 탄 휠체어를 밀고 들어가는 길이다. 그런 일은 좀처럼 드물기는 하지만. 외출하자는 말이 나오면 마음이 들뜨기는커녕 상당히 언짢은 기분이 들곤 하니까. 하지만 문제는 경사가 꽤 심해서 휠체어를 잘 붙들고 있어야 한다는 점이다. 영화 〈인디아나 존스〉나 디즈니랜드에서처럼 굴러 떨어지지 않으려면 말이다. 그 장애물을 어떻게 극복할 수 있을지 언뜻 떠오르지 않았다. 그래서 도움을 청해야만 하는 상황에 놓인 때처럼 화가 치밀어 올랐다. 베네딕트에게 도움을 청하는 것 말고는 다른 도리가 없을 거다. 그런데 베네딕트는 연장통이 어떻게 생겼는지 알고나 있을까? 내 부탁을 그럴듯하게 보이려면 무슨 거짓말을 꾸며내야 할까? 휠체어를 차고까지만 내려놓아 달라고 말해볼까? 그러고는 아무 신경 쓰지 말라고 하고? 아니야, 그런 말은 안 통할 거다. 차고에서 다시 올라오려면 베네딕트가 필요할 거다. 그런데 내가 펜치와 드라이버, 망치를 들고 있는 모습을 본다면 베네딕트는 기절할지도 모른다. 베네딕트에게 부탁하는 건 마지막 방법으로 남겨두는 게 좋을 것 같다. 그렇다면 아빠가 돌아오기를 기다렸다가 그냥 연장을 몇 개 빌려달라고 부탁해볼까? 그러면 아빠는 무슨 생각을 하려나? 엄마와 아빠 둘 모두에 대해 생각해보니 한 장면이 떠올랐다. 아빠와 엄마는 깜짝 놀라 거실 한가운데 서 있겠지. 둘은 내 다리가 문제가 아니라 내가 이성을 잃은 것은 아닌가 할 거다. 가장 쉬운 방법은 엄마 아빠에게 사실대로 말하는 것이다. 하지만 그게 해결책은 아니다. 두 사람에게 내 계획을 털어놓고 싶은 마음은 조금도 없다. 내가 문을 발견했다는 사실을 엄마 아빠에게 알리고 싶지 않다. 옆집과 맞닿아 있는 우리 집 왼쪽 담에 있는 문 말이다.

유난히 조용했던 저녁식사가 끝나고 후식을 먹다가 퍼뜩 좋은 생각이 떠올랐다.

"아빠, 내일 연장통을 좀 빌려주면 좋겠는데."

내가 아빠에게 부탁했다.

천사 같은 얼굴에 가장 부드러운 목소리로 말이다.

더구나 후식을 먹다가 이렇게 물었으니 정말 뜬금없어 보였겠지.

"내 연-장-통-을?"

아빠가 더듬더듬 말했다. 내가 방금 내뱉은 말이 정말인지 확인하려고 말이다.

"아빠의 연-장-통-을?"

엄마도 같은 식으로 되물었다.

"응, 내 책상 서랍이 망가진 것 같은데 내일 뜯어보고 싶어서."

"얘야, 내게 말하면 될 텐데. 다 먹은 뒤에 내가 살펴보마."

"아니, 아빠, 내 말은 그게 아니야. 내가 직접 해보고 싶다니까. 나는 하루 종일 별다른 일 없이 보내니까 내가 하는 게 좋겠어."

엄마 아빠는 이상하다는 듯이 아무 말 않고 나를 쳐다봤다. 서둘러 더 그럴싸한 다른 핑계를 찾아야 해.

"이것저것 잔일을 해보면 더 즐거울 거야."

휴! 두 사람의 얼굴이 밝아지더니 미소를 짓지 않겠어? '즐겁다'라는 말이 해낸 거다. 정말 제대로 선택한 거야. 그 생각을 더 빨리 했어야 했어. 그 마술 같은 단어가 '열려라 참깨'가 된 거지. 사실 나는 오래전부터 그런 말을 쓰지 않았다. 사고가 난 뒤로는 재미있게 논 적이 한 번도 없었지. 그래서 '즐겁다'라는 말을 하는 것이 엄마 아빠에게는 당연히 신기했던 거다.

"그러렴, 그런 일이 네게 즐겁다면 말이야."

아빠가 엄마를 보면서 말했다. 그건 아빠가 엄마의 동의를 구한다는 뜻이지.

"그래!"

엄마가 감격해서 말했다.

"당연히 그래야지! 네가 즐겁다는데!"

떳떳하지 못하게 얻어낸 승리인지라 전혀 만족스럽지 않았다. 아빠와 엄마는 나에 대한 사랑이 넘쳐서 나를 믿고 마음이 한층 편안해진 것 같다. 나는 엄마 아빠의 신뢰를 얻을 만한 사람이 못 된다. 게다가 사랑은 더 아니지. 나는 거짓말쟁이, 꾀쟁이, 위선자일 뿐이다. 하지만 끝이 좋으면 다 좋은 것 아니겠어? 무슨 일이 있어도 그 문을 열고야 말 거다. 아빠가 연장통을 내 무릎 위에 놓자 기쁨을 감출 수가 없었다. 아빠가 말했다.

"여기에 네가 필요한 것이 모두 있을 거다. 드라이버와 그 밖에 딸린 도구들이야. 다른 데 쓰면 안 된다!"

"걱정 마, 아빠. 나사만 몇 개 조일 거야."

나는 애써서 얻어낸 물건을 가지고 휠체어를 돌려 나왔다. 내일은 날이 맑을 거야!

맑은 날

맑은 날이 될 거라고? 비가 억수로 쏟아지잖아. 비가 덧문을 두드리는 소리가 밤새도록 들렸다. 하지만 곧 빗소리가 잦아들 거라고 생각했다. 비 때문에 마음이 언짢았다. 밖에 나가는 건 생각조차 할 수 없었다. 베네딕트가 내게서 한시도 눈을 떼지 않고 있으니 말이다. 사실 기분이 몹시 안 좋았다. 어쨌든 베네딕트는 내 성질에 익숙해져서 조금도 불쾌해하지 않는다. 이따금 나도 운이 좋을 때가 있다고 생각해야 한다(아주 드문 일이긴 하지만). 왜냐하면 마침 구름이 개고 눈부신 해가 다시 나왔으니까. 날이 더워졌다.

"나 나가, 베네딕트!"

나는 이렇게 소리치고는 대답할 틈도 주지 않고 나와버렸다.

"그런데 점심은……."

베네딕트가 창문 너머로 내게 소리쳤다. 그때 나는 이미 될 수 있는 한 빨리 바퀴를 굴려 정원 안쪽으로 가고 있었다.

"나 배고프지 않아, 베네딕트! 혼자 먹어!"

나는 베네딕트가 뭐라고 대답하든 신경 쓰지 않고 무시해버렸다. 나는 이미 멀리 와 있었다. 정말이지 군인이 진군하는 것처럼 젖은 풀밭 위를 나아갔다. 무릎 위에 있는 연장들이 몇 번이나 떨어질 뻔했다. 마침내 문 앞에 도착했다. 좋아, 한번 해보자! 행동 개시! 호락호락하지도 않고 심지어는 나를 우습게 여기는 이 자물쇠와 어떻게 싸워야 할지 도무지 알 수가 없었다. 온통 녹이 슬어 있었다. 문은 수백 년 전부터 사용한 적이 없는 것 같았다. 문이 감추어져 있다는 것이 더 이상했다. 이 문은 무엇에 쓰였고 누가 사용했을까? 고약한 자물쇠를 비틀어 열려고 애쓰면서 생각했다. 땀에 흠뻑 젖었다. 성공하지 못할 것 같았다. 하지만 마지막으로 시도했을 때 마침내 내 노력이 빛을 보았다. 딸

깍 소리와 삐걱거리는 소리가 연이어 나더니 문이 살며시 열렸다. 전혀 믿기지 않았지만 마침내 목적을 이룬 거다. 나는 아주 살며시 문짝을 밀었다. 내 앞을 막아섰던 닫힌 문 앞에서 그랬던 것처럼 더는 무모하거나 과감해질 수 없었다. 바퀴를 살짝 굴리며 미지의 정원으로 눈길을 향했더니 갑자기…….

내 입에서 비명이 터져 나왔다. 나 혼자 있는 것이 아니었다. 누군가 나를 기다리고 있었다. 나를 기다리고 있던 게 틀림없었다. 얼굴이 거의 맞닿을 듯한 상태였다. 따뜻함이라고는 한 점도 없이 검고 강렬하며 예리한 눈길로 나를 뚫어지게 바라보고 있었다. 하지만 더 기분 나쁜 건 그의 무릎 위에 있는 소총이었다. 후퇴하는 게 상책인 것 같았다. 조금만 뒤로 물러나면 안전거리를 확보할 수 있을 듯했다. 나는 곧장 휠체어를 움직였다. 하지만 노인은 그런 행동에 전혀 아랑곳하지 않았다.

"꼼짝 마!"

노인이 총구를 내게 겨누고 위협하며 소리쳤다.

그런 경우라면 대개 손을 번쩍 들게 마련이다. 나는 솔직히 그 꼴이 우스웠다. 하지만 노인은 정상이 아닌 것 같아서 나를 쏠지도 모른다는 생각이 들었다.

"할아버지, 방해해서 미안해요."

내가 최대한 상냥한 태도로 말했다. 하지만 나는 그토록 내 관심을 끌었던 목소리의 주인공이 이 사람이었는지 알고 싶은 호기심이 일었다.

노인은 꼼짝하지 않았다. 뭔가를 생각하고 있는 것 같았다. 아빠가 좋아하는 옛날 서부영화에서처럼 행동하자면 바로 그 순간을 놓치지 말아야 했다. 순식간에 덮쳐서 총을 빼앗는 것 말이다. 하지만 그건 카우보이들이나 할 수 있는 일이지.

"할아버지, 나는 경련이 일어나서 손을 들 수 없어요!"

"그럼 휴전이다!"

노인이 말했다.

이 사람은 완전히 늙고 힘없는 노인이다! 어떻게 이런 사람에게 총을 가지고 놀도록 내버려두는 거지?

"할아버지! 할아버지! 할아버지가 내 총 가져간 거야?"

화난 목소리가 들렸다.

노인은 미소를 짓더니 웃음을 터트렸다.

"그래, 내가 가져갔다."

노인이 다가오는 아이에게 웃음 띤 얼굴로 대답했다.

"아가씨를 놀리려 그런 거야. 정말 재미있는걸."

나는 약이 올라 바퀴를 굴려 집으로 돌아가려 했다. 평화로운 집으로 말이다. 그러니까 사람들이 그토록 바라는 평화로운……

"자, 네 총 여기 있다."

노인이 말했다.

"레오에게로 돌아가거라. 나는 이 아가씨에게 할 말이 좀 있다."

"그럴 필요 없어요! 제가 할아버지를 너무 많이 방해했네요. 돌아가는 길은 아니까 배웅하지 않으셔도 돼요. 이제 가야겠어요. 만나서 반가웠어요."

"내가 움직이지 말라고 했지!"

아이고, 찰거머리 같은 사람이잖아!

"이름과 나이, 장점은?"

"루이즈 마르탱, 열네 살. 장점 없음. 결점밖에 없지만 그중에서도 가장 나쁜 점은 호기심. 하지만 고쳐보도록 할게요. 약속해요."

내가 노인에게 한 말이 설득력이 있었는지는 모르겠다. 하지만 어쨌든 노인은 미소를 짓더니 표정이 밝아졌다. 노인은 갑자기 친절해진 것 같았다.

"진지해 보이는 아가씨군. 휠체어는 처음부터 아니면 사고로?"

"사고로요. 할아버지는?"

"나이가 들어서. 내 다리는 더는 몸을 지탱하기 힘들단다."

"내 다리도 마찬가지예요."

우리는 서로를 뚫어지게 바라보았다. 나는 정신 나간 그 노인이 더는 불쾌하지 않았다.

그때 베네딕트가 목이 터져라 부르는 소리가 들렸다.

"루이즈! 어디 있니?"

베네딕트의 목소리가 가까워졌다. 나는 그녀에게 내가 그곳에 있는 모습을 보여주기 싫었다.

"유감스럽지만 가야 해요. 내 감시자인 베네딕트예요! 내 뒤를 악착같이 따라다니죠. 나는 베네딕트가 정말 싫어요! 내가 여기 있는 걸 베네딕트가 보면 안 돼요. 하지만 다시 올게요. 할아버지를 알게 돼서 정말 반가웠어요. 다음번에는 소총을 들고 있을 필요 없어요. 난 무기 같은 건 지니고 다니지 않으니까요. 하지만 내가 할아버지에게 총을 빌리게 될지도 몰라요. 베네딕트의 입을 막기 위해서 말이에요. 안녕!"

이번에는 노인이 순순히 나를 보내주었다. 노인이 내 등 뒤에서 외치는 소리가 들렸다.

"안녕. 잘 가, 루이즈!"

나는 때맞춰 문을 다시 닫았다. 하마터면 큰일 날 뻔했다. 베네딕트가 갑자기 나타났는데 얼굴이 붉어지더니 무척 놀란 표정을 짓고 있었다. 베네딕트는 나를 쳐다보더니 의심스러운 눈으로 나를 살폈다. 내 비밀의 문 쪽으로 몇 걸음 다가가기까지 했다.

"자, 어서 가요, 베네딕트! 좀 쌀쌀한 것 같네. 따뜻한 걸 좀 마셔야겠어. 앞장서요!"

물론 베네딕트는 투덜거렸다. 아마도 내가 그렇게 사라진 일을 이상하게 생각하고 있을 거다. 어쩌면 뭔가 짐작하고 있는지도 모른다. 나는 서둘러 돌아가다가 이웃집 정원에

연장을 두고 왔다는 걸 깨달았다.

'저런! 아빠에게 뭐라고 말하지?'

집 쪽으로 다시 올라가는데 이상한 소리가 들렸다. 돌아보니, 내 펜치와 드라이버 등의 도구들이 담벼락 위로 날아오는 것이 보였다. 베네딕트는 아무것도 알아차리지 못했다. 내가 뒤를 살짝 돌아다보니 모든 것이 되돌아와 있었다. 웃음이 터져 나오려 해서 참기 힘들었다.

'굉장한 노인이야, 할아버지 말이야!'

"잘 지냈니?"

아빠가 저녁식사 때 내게 물었다.

"굉장했어!"

나는 눈에 띌 정도로 신이 나서 대답했다.

"정말이니?"

엄마가 미소 지으며 물었다.

"뭐 특별한 일이라도 있었던 거니?"

솔직히 말했다가 발목을 잡힌 거지. 내가 경솔했다. 계속 말을 한다면 엄마 아빠에게 의심을 사게 될 거다. 내가 오늘 오후에 이상하게 사라진 일을 베네딕트가 분명 말했을 테니 더욱 그러하겠지.

"오늘은 보통 때보다 더 오래 정원에서 시간을 보낸 것 같구나."

엄마가 아무 뜻 없다는 듯 말을 던졌다.

베네딕트는 톡톡히 대가를 치르게 될 거다. 이렇게 끊임없이 염탐당하는 게 이젠 지긋지긋하다. 내일 바로 베네딕트에게 한마디 단단히 해줘야겠어.

"맞아. 그래서? 그러면 안 돼? 엄마 아빠가 원하던 것 아니야? 내가 나가기라도 해야지, 방에 온종일 갇혀 꼼짝 말고 있으라고?"

"그럼, 괜찮고말고!"

아빠는 내가 갑작스럽게 거칠게 굴자 놀라서 대답했다.

"그럼 베네딕트에게 그렇게 좀 말해줘. 나는 베네딕트가 항상 내 등 뒤에 있는 게 지긋지긋해. 늘 감시받는 게 싫다고. 정원에서 내게 무슨 일이 일어날지도 모른다고? 도움이 필요하면 베네딕트를 부르면 되잖아. 나는 베네딕트가 나를 졸졸 따라다니는 게 싫어."

"알았다, 애야. 우리가 베네딕트에게 말하마. 그래도 베네딕트에게 나쁜 마음을 품어서는 안 돼. 베네딕트는 네게 무척 헌신적이잖니. 너를 귀찮게 하려고 그렇게 감시하는 것은 정말 아니란다. 걱정이 돼서 그러는 거야."

"걱정할 일이 뭐가 있어. 내게 이미 일어난 일보다 더 나쁜 일이 일어날 수 있겠어?"

내가 찬물을 끼얹은 게 확실했다. 내가 한 말에 곧 후회가 되었다. 그럴 의도는 아니었다. 정말 기분이 좋았는데. 오늘 저녁만큼은 아빠 엄마의 마음을 아프게 할 생각이 없었다. 다 망쳐버렸다.

"네 책상은 고쳤니?"

아빠가 분위기를 바꾸려고 물었다.

"응, 아빠. 연장은 곧 돌려줄게. 이제 필요 없어."

"내일은 비가 올 것 같네."

엄마가 식탁을 치우려고 일어서며 말했다.

이번에는 잘했어. 나는 기분이 안 좋았다. 비가 오지 말아야 할 텐데. 정말로 카우보이 할아버지를 만나고 싶다. 비가 오면 노인들은 외출을 하지 않아. 뻔한 일이잖아.

레오

비가 온다는 예보가 있었다. 베네딕트는 날씨만큼이나 시무룩했다. 엄마가 나를 염탐하는 일을 그만두라고 했기 때문일 것이다. 승부에서 이긴 나는 베네딕트나 일기 예보처럼 갤 것 같지 않은 날씨에 기대를 품고 방에 틀어박혀 있었다. 베네딕트는 항상 뾰루퉁한 얼굴을 하고 있다. 그런 그녀가 정말로 실쭉한 낯을 하고 있으니 더 볼썽사나웠다. 바로 그때 전화가 울렸다. 엄마일까, 아니면 아빠?

"루이즈, 네 전화야!"

베네딕트가 투덜거리며 말했다.

"누군데?"

"어떤 신사야."

베네딕트는 내게 전화기를 건네주었다. 나보다도 더 놀란 모양으로 말이다.

"여보세요?"

"루이즈 마르탱?"

"네, 전데요."

"나는 '버펄로 빌'일세!"

"누구라고요?"

"농담이야. 네 이웃인 샤를르야! 차를 준비하고 기다릴게. 무장은 안 했어. 늦으면 안 된다."

할아버지는 내게 생각을 추스르거나 대답할 틈도 주지 않고 전화를 끊어버렸다.

베네딕트는 내가 짧게 통화하는 동안 털끝 하나 움직이지 않고 나를 쳐다보았다.

"나 나갈게! 이웃인 샤를르 할아버지에게 차를 마시러 오라는 초대를 받았어. 베네딕트가 엄마에게 말해줘."

베네딕트가 대답 대신 목으로 낸 소리를 어떻게 옮겨 적어야 할지 모르겠다. 이렇게라도 적어볼까.

"🐦🐌❄🐸🐝 ······ 뭐라고, 나간다고? 뭐라고 했어? 누가 차를 준비해놓고 너를 기다린다고? 아침 열 시에 누가 차를 마신단 말이야? 그리고 샤를르 씨가 도대체 누구야? 네 엄마한테 한 번도 들은 적이 없는데."

더는 못 참겠다. 내가 모든 사람들과 잘 지내려고 노력하기로 결심했다 해도 베네딕트는 내 좋은 뜻까지도 포기하게 만드는 재주가 있다. 이 여자는 수호천사가 아니라 악마야!

내가 베네딕트에게 속삭이듯 말했다.

"엄마가 샤를르 할아버지에 대해 보모에게 말하지 않았을지도 몰라. 하지만 나는 엄마가 보모에게 나를 염탐하지 말고 숨 쉴 틈을 주라고 한 걸 알고 있어! 그러니, 그렇게 해요! 나는 감시당하는 게 지긋지긋해. 나는 어린애가 아니야! 나는 항상 자유로웠고 속박을 싫어해! 자, 보모가 좋아하든 싫어하든 나는 샤를르 할아버지 댁에 갈 거야. 보모는 엄마에게 전화해서 내가 이웃집에 차 마시러 간다고 말하기만 하면 돼! 이웃집 사람은 열 시에 차를 마신단 말이야. 그러니 이상 끝!"

"너 그렇게 굴지 말라고 했잖아!" 베네딕트가 소리를 질렀다. "나는 네가 나를 비난하는 것에도, 네 변덕에도, 네 성질머리에도 이젠 진저리가 나! 너도 그렇고 네 고약한 성격이 넌더리가 난단 말이야, 알겠어? 네가 휠체어를 타고 있다고 해서 모든 게 용서되지는 않아, 알겠느냐고! 그래 네 엄마에게 전화하마! 전화해서 이 일자리 그만둔다고 하겠어!"

베네딕트가 일을 그만두겠다고 위협한 게 이번이 처음은 아니다. 하지만 엄마의 말을 듣고 나면 베네딕트는 잠잠해졌지. 베네딕트의 말은 내 아픈 곳을 건드렸어. 왜냐하면 그녀가 한 말이 하나도 틀리지 않다는 걸 인정해야만 했으니까. 하지만 나는 베네딕트가 하는 행동과 말과 생각에 개의치 않았다. 그래서 베네딕트가 엄마에게 전화로 수선을 떨도록 내버려두었지. 그리고 나는 조용히 집을 빠져나왔다. 이웃집까지 가는 일이 그리 만만하지는 않았다. 나는 정원이 아니라 현관으로 들어가고 싶었다. 그래서 혼자 힘으로 현관까지 가야 했고 혼자서 문을 열어야만 했다. 나로서는 처음 해보는 일이었지. 근육이 수없이 뒤틀린 뒤에야 성공할 수 있었다. 나는 휠체어 바퀴를 몇 번 굴려서 샤를르 할아버지의 집 안으로 들어갔다. 초인종을 누르지도 않앉는데 문이 자동으로 열렸다. 넓은 계단이 나오고 다시 문이 열렸다. 적어도 열여섯 살은 되어 보이는 소년이 마중을 나왔다. 정말 잘생겼군! 그가 나에게 미소를 지었지. 나는 꿈을 꾸고 있는 것 같았다. 정말이지 나는 그런 미소를 한 번도 본 적이 없다. 영화에서조차 말이다! 내가 나디아에게 "그건 현실에서는 가능하지 않아."라고 말한 적이 있을지라도 말이야.

"난 레오야!"

그가 내게 손을 내밀며 말했다. 나는 순식간에 그의 매력 넘치는 미소에 빠져들었지. 그에게 내 손을 내밀었다. 내 손을 그에게 선물이라도 하고 싶었다니까. 하지만 그는 내 손을 다시 돌려주었지. 유감천만이야!

그는 내 휠체어와 내 마음을 동시에 빼앗더니 경사진 옆쪽 출입구를 통해 나를 안쪽으로 밀고 갔다. 문득 내 소개를 하지 않았다는 게 생각났다.

"내 이름은 루이즈야."

그가 웃음을 보이며 내게 말을 건넸다.

"나도 알아."

"그래?"

"할아버지가 알려줬어!"

그럼 이 사람은 샤를르 할아버지의 손자이고 소총 주인의 형이 틀림없다. 나는 기회를 잡아 그에게 몇 가지를 물었다.

"할아버지는 치매가 있지 않아? 그러니까 노망 말이야."

레오가 살짝 웃었다. 마치 몸에 밴 습관 같았다. 그래도 끊임없이 미소를 지으려면 힘들지 않을까? 나 같으면 광대뼈가 욱신거릴 텐데. 나는 그런 일에는 정말 익숙하지 않았다. 내가 잘할 수 있는 일은 차라리 인상 쓰는 기술이지.

"아니, 할아버지는 정신이 말짱하셔. 치매라니! 너 조금은 걸을 수 있니, 아니면 전혀?"

레오가 내게 세상에서 가장 자연스럽게 물었다.

"전혀."

나는 그렇게 대답할 수밖에 없었다.

"그럼 내가 데려다 줄게!"

레오는 다시 휠체어를 차지하더니 나를 이중으로 된 유리문까지 데리고 갔다. 레오는 들어가기 전에 힘차게 문을 두드렸다. 그러고는 대답을 기다리지 않고 나를 방문 앞에 두고 가버렸다. 얼마나 잘생겼던지!

"내가 필요하면 불러요!"

레오가 문을 닫기 전에 우리에게 말했다.

나는 곧장 그를 부르고 싶었다. 벌써 그가 없으면 안 되었거든. 하지만 그래서는 안 된다는 것을 알고 있었다.

"안녕, 루이즈!"

할아버지가 유쾌한 말투로 내게 말했다. 나를 다시 만나게 되어 정말 기쁘다는 듯이.

게다가 분명히 이렇게 말하기까지 했다.

"네가 초대를 받아들여 주어서 기쁘단다. 실은 별로 기대하지 않았거든. 널 정원에서 다시 만나기를 바랐지만, 비가 이렇게 온다면 네가 오늘은 모험을 감행할 수 없으리라고 생각했지."

"그리 쉽지는 않았어요. 베네딕트가……."

"네 감시자 말이냐?"

"네, 맞아요."

"그녀가 까다롭게 굴었니?"

"네, 할아버지가 초대를 했다니까 화를 냈어요. 그러고는 곧장 엄마에게 전화를 했죠. 보모가 아직도 여기에 없다는 사실이 놀랍다니까요. 하지만 곧 들이닥칠 거예요."

"얼그레이 아니면 다즐링, 어떤 것으로 줄까?"

"예?"

"어떤 차를 마실래?"

"글쎄요, 잘 모르겠어요. 할아버지 마시는 것으로 주세요."

"루이즈, 차는 단순히 음료가 아니란다. 차는 삶의 지혜지. 나는 그것을 네게 알려주고 싶단다. 먼저 다즐링부터 마셔보기로 하자꾸나."

샤를르 할아버지는 나보다 훨씬 더 자유롭게 움직였다. 그는 조그만 원탁과 낮은 탁자 사이를 왔다 갔다 했다. 그리고 고급 도자기 찻잔에 우아하게 차를 따랐다.

"그래서?"

할아버지가 마침내 내게 물었다.

"아주 상냥해요."

"누가?"

"레오 말이에요."

"내가 물은 건 레오가 아니란다. 나도 그 애가 상냥하다는 것을 알아. 그 아이는 내 손자란다. 그렇지만 그 아이를 조심해야 해! 자기가 상당히 괜찮은 줄 알고 있거든!"

'그럴 사람이 아니에요!' 하고 소리지르고 싶었지.

"내가 '그래서?'라고 물은 건 우리가 만났을 때 네가 했던 이야기를 계속 듣고 싶어서였단다."

할아버지는 먹물 빛깔처럼 분명하게 말했다. 나는 노인이 제정신이라는 걸 아직도 이해할 수 없었다. 그렇지만 할아버지를 기분 나쁘게 하고 싶지 않았다. 그랬다간 올가미 밧줄이나 소총을 찾으러 갈 수도 있을 테니까.

"그래서 어떻게 되었지?"

아, 그 이야기였군! 나는 질문을 못 알아들은 척했다.

"뭐라고요?"

"네가 당한 사고 말이다."

나는 마음의 문을 닫았다. 사고에 대해서는 결코 이야기한 적이 없다. 어느 누구에게도 말이다. 어제 저녁까지도 나는 나 자신에게조차 그 일에 대해 말하기 싫었다. 그 일이 떠오르면 나는 억지로 그 영상들을 몰아냈다. 밤중에 그 생각에 사로잡히기라도 하면, 그런 일은 자주 있었는데, 한참 동안 깨어 있어야 했다. 다시금 악몽에 빠지지 않기 위해서 말이다. 나는 그 누구도 그 일에 대해 말하지 못하게 했다. 그런데 이제 막 알게 된 노인네가 사고에 대해 말해 달라고 한 거다! 차 한 잔을 두고 이렇듯 냉정한 태도로 말이다. 나를 바라보는 노인의 눈길은 야릇했다. 반쯤은 엄격하고 반쯤은 호의적인 것 같았다. 이건 부탁이 아니라 명령이야. 마치 올가미에 사로잡힌 것 같았다. 그럴듯한 말이 겨울잠을 자는지 언뜻 떠오르지 않았다. 되받아칠 만한 어떤 말도 머리에 떠오르지 않았다. 내게 짜증을 내도 좋으니 베네딕트가 빨리 왔으면 하고 바랄 정도였다. 저런, 그녀가 정말로 일을 집어치우겠다는 결정을 내리지 않았어야 할 텐데. 그녀가 경우 없이 들어온다 해도 그래 주면 좋을 텐데. 하지만 때아닌 초인종 소리가 울려 고요한 이 방의 침묵을 깨는 일은 일어나지 않았다. 구식 괘종시계만이 시끄럽고 거만하게 똑딱였다.

"그 이야기라면 하고 싶지 않아요. 사실 나는 그 이야기를 한 적이 절대로 없어요."

"충분히 그럴 수 있어!"

샤를르 할아버지가 대답했다.

"그래서 내가 너에게 이야기해달라고 부탁한 거야. 우리는 함께 시간을 보내게 될 거다, 루이즈. 나는 나와 함께 있게 될 사람에 대해 알고 싶단다. 얘야, 침묵만큼 나쁜 것은 없단다. 아무렴, 나는 그런 문제를 해결하는 법을 알고 있지. 오해와 잘못된 생각은 침묵에서 비롯된단다."

"어째서 우리가 함께 시간을 보낼 거라는 거죠?"

"왜냐하면 내가 하는 제안을 네가 받아들일 테니까."

이런 사람은 짜증이 나. 자신의 하찮은 제안을 내가 받아들일 것이라고 어떻게 확신할 수 있담. 결국 이 노인은 나에 대해 아무것도 몰라.

"레오는 휴가를 떠날 거야."

그 말에 내 마음은 할아버지의 휠체어 바퀴 밑에 떨어져서 산산조각이 났다. 할아버지는 내 마음을 알아차리지 못하고 태연하게 말을 이었다.

"레오를 대신해줄 사람이 필요하단다. 그게 너라고 생각했다."

할아버지의 제안에 마음이 끌렸다. 괜찮은 제안 같기도 하고 말이다. 전념할 수 있는 일이 있으면 좋을지도 몰라. 하지만 무언가 꺼림칙한 구석이 있어. 이 별난 사람은 이상한 느낌이 들어. 내 마음을 누그러뜨리기도 하고 동시에 화가 나게도 하잖아.

바로 그 순간 엄마가 들이닥쳤다. 초인종이 울리고 큰소리가 들리더니 엄마가 샤를르 할아버지의 서재 문지방에 버티고 서 있는 게 아닌가. 엄마는 머리가 헝클어져 있었고 숨을 헐떡였다. 베네딕트는 발뒤꿈치를 들고 들어왔고 레오가 바로 뒤에 있었다. 엄마는 내가 그 아이를 미래의 엄마 사위로 삼기로 결정한 것을 아직 모르고 있었다.

베네딕트, 일을 그만두다

"안녕하십니까, 부인."

샤를르 할아버지가 정중히 고개를 숙이며 엄마에게 말했다.

"도대체 어떻게 된 일이니, 루이즈?"

엄마가 예의를 차리지 않고 물었다.

"샤를르 할아버지를 소개할게."

내가 엄마의 태도를 부끄럽게 생각하며 말했다. 엄마가 마음을 가라앉히기를 바라면서 말이다.

"할아버지가 내게 차를 마시자며 초대했어."

엄마는 당황하여 방 한가운데 가만히 서 있었다. 엄마는 마침내 상황이 우습게 돌아간다는 것을 알아차렸다. 그리고 자신이 교양 있는 여자라는 사실을 떠올렸다.

"갑자기 뛰어들어서 죄송해요."

엄마가 샤를르 할아버지에게 사과했다.

"저는 루이즈에 대해 걱정이 많답니다. 베네딕트가……."

"미안해할 것 없어요, 부인!"

샤를르 할아버지가 엄마 말을 끊더니 이어 말했다.

"도리를 다하지 못한 사람은 바로 접니다. 제가 예전에 부인께 인사를 드렸어야 했습니다. 그런데 저는 움직이기가 힘들어서 집 밖으로 거의 나가지 않습니다. 제가 너무 걱정을 끼친 것은 아닌지 모르겠습니다. 다즐링 아니면 얼 그레이, 어떤 걸 드시겠어요?"

"다즐링이요. 감사합니다."

엄마가 아주 천연덕스럽게 말했다.

"베네딕트, 이제 그만 집에 가봐요. 우리는 나중에 이야기하기로 해요."

엄마가 내 마귀 같은 보호자에게 말했다. 베네딕트는 한눈에도 몹시 언짢아 보였는데, 그런 기분은 보통 웬만해서는 나아지지 않지.

5분이 지나자 엄마와 샤를르 할아버지는 오래전부터 알고 지내는 사이처럼 수다를 떨었고 내게는 관심도 없었다. 나는 정말 레오와 이런저런 이야기를 나누고 싶었지만 레오는 사라져버렸다.

나는 지루해서 뾰로통해 있었다. 나는 레오를 생각했다. '내 친구 레오'와 이야기하고 싶었다. 이봐, 루이즈. 꿈도 꾸지 마! 네 휠체어는 신데렐라의 호화스러운 마차가 아니야. 모피로 된 실내화라도 너의 생기 없는 발에는 맞지 않을 거야. 어떤 착한 요정도 어느 날 너를 매력적인 왕자의 품에 안겨 춤추게 하지 못할 거야.

나는 휠체어에서 얼굴을 찌푸린 채 방안을 관찰하기 시작했다. 모든 것이 낡아빠져 보였다. 가구, 물건들, 깔개, 실내 장식품, 사진 등 검은색과 흰색 그리고 누런 빛깔의 옛날 물건들이 빽빽이 들어차 있었다. 그래도 그것들 가운데 하나가 관심을 끌었다. 바로 밤색 액자였는데, 그 안에는 기품 있는 소년과 같은 또래의 아주 귀여운 소녀가 있었다. 두 사람은 서로 팔짱을 끼고 미소 짓고 있었다. 소년은 레오와 닮아 보였지만 덜 잘생긴 것 같았다. 아마도 샤를르 할아버지일 거라고 짐작했다. 소녀는 아마도 그의 할머니일 테고……. 아니야, 그게 아니야. 저기 다른 곳에 그의 할머니가 웨딩드레스를 입고 샤를르 할아버지와 팔짱을 끼고 있잖아! 같은 사람이 아니야.

나는 골똘히 이런저런 추측을 하다가 늙은 신사와 눈이 마주쳤다. 그는 사실 내게서 눈길을 한 번도 떼지 않았다. 말은 엄마에게 하고 있었지만 그가 공모자의 눈길로 보고 있는 사람은 바로 나였다. 나는 그 할아버지 손자의 마음을 얻기 위해서는 우선 할아버지와 사이가 좋아져야 한다는 걸 깨달았다. 그럼 내 임무는 할아버지의 마음을 끄는 거야!

저녁식사 자리에서 엄마는 아빠에게 이번에는 진짜로 베네딕트가 일을 그만두게 되었다고 말했다. 이번에는 별 도리가 없었다. 베네딕트가 앞치마를 돌려주었다. 엄마는 안타까워했고 내가 베네딕트에게 사과하지 않은 것을 무척 원망스러워했다.

"보모가 떠나서 마음이 아프니?"

아빠가 물었다.

"전혀!" 하고 내가 말했다. "아빠, 나는 베네딕트가 더는 필요 없다고 확실히 말할 수 있어. 나는 베네딕트가 없어도 알아서 할 수 있어. 이제는 내가 혼자 할 수 있는 일이 얼마나 많은데."

"그럴지도 모르지." 하고 엄마가 끼어들었다. "하지만 나는 보모가 있는 편이 안심이 돼."

"나는 보모가 있는 게 짜증이 나. 더는 보모를 견딜 수 없어. 제발, 엄마! 실험이라도 해보자고. 엄마를 안심시킬 수 있다면 엄마에게 하루에 백 번이라도 전화할 수 있어. 하지만 보모는 이제 필요 없어."

아빠는 이미 내 편이 되어 있었다. 엄마는 비슷한 상황에서 항상 그랬듯이 입이 삐죽 나와 있었다. 엄마의 역할을 해야만 했으니까. 그렇지만 그렇게 오래 가지는 않았다. 아빠와 나를 혼자서 상대해야 했으니 난처했을 거다. 나는 엄마 말에 성의를 보이기로 했다.

"내가 베네딕트한테 쪽지를 넣은 꽃을 보내면 용서받을

수 있을까?"

"내 생각에 그렇게 하면 베네딕트가 기뻐할 것 같다."

엄마가 내 휠체어로 다가와 이마에 입을 맞추며 말했다.

엄마는 감격한 채 샤를르 할아버지 이야기로 화제를 바꾸었다.

"그 신사분은 호감이 가. 그런데 루이즈, 너 그분을 어떻게 알게 됐니?"

엄마가 갑자기 정색하며 물었다.

저런! 나는 충분히 예상 가능한 그런 질문에 대한 대답조차 준비해놓지 않았다.

"정원에서."

나는 이렇게 대답할 수밖에 없었다.

"정원에서라고?"

아빠가 놀라며 물었다.

엄마는 나를 쳐다보았다. 엄마 역시 무슨 말인지 알아듣지 못했지.

저런, 저-런! 사랑하는 엄마 아빠, 미안해. 거짓말을 해서. 엄마 아빠에게 비밀의 문이 있다는 걸 아직은 알릴 때가 아니야.

"사실, 어제 우리는 정원의 벽 너머로 이야기를 나누었
어. 나는 그분 목소리를 여러 번 들었어. 그래서 벽 저편에
누가 있는지 알고 싶었어."

"무슨 일을 하는 분이냐?"

아빠가 다시 물었다.

"그분은 역사가야. 역사 잡지에 글을 기고해. 손자가 방학
때나 시간이 날 때 돕고 있지. 그런데 그 손자 말이야……."

내 대답의 마지막 부분은 내가 레오를 다시 만나고 있는
안개 속에서 사라져버렸다. 레오는 갈색 머리에 푸른 눈을
하고 미소를 머금고 있었는데…….

"루이즈, 루이즈?"

"루이즈?"

"어? 뭐라고 했어?"

아빠와 엄마는 걱정스럽게 서로를 쳐다보았다.

"미안해. 딴생각을 하고 있었어."

"그게 마음에 드느냐고 묻잖니."

그게 마음에 드느냐고? 무슨 질문이 그래! 그가 이토록

내 마음을 사로잡아서 계속 그 사람 생각만 하고 있는걸.

하지만 나는 다시 땅으로 추락했다. 레오에 대해 말하고 있는 게 아니었거든.

"뭐가 마음에 드느냐고?"

"샤를르 씨를 돕는 일 말이다. 그분 손자가 휴가 갔을 때 말이야."

내 마음에 드는 일은 그분의 손자와 휴가를 떠나는 거야. 하지만 엄마 아빠에게 그렇게 말할 수는 없었다.

"모르겠어. 나는 일을 잘 모르고 그럴 만한 능력이 있는지 조금 걱정이 돼."

"얘야, 너는 네 자신을 과소평가하고 있단다." 하고 아빠가 말했다. "더구나 넌 역사를 꽤 좋아하잖아, 안 그러니?"

"응……. 나도 제안을 받아들이고 싶어. 하지만……."

"하지만 뭐?"

엄마 아빠가 물었다.

"좀 더 생각해봐야겠어. 내일이면 더 잘 알 수 있을 것 같아."

내 이름은 냠냠

전화가 울렸는데 몇 시인지 알 수 없었다. 전화 벨 소리 때문에 기막히게 멋진 꿈에서 불현듯 깼다. 꿈속에서 나는 레오와 손을 잡고 해질 무렵 바닷가를 뛰어다녔다. 그래, 그게 전부였어!

"안녕, 루이즈!"

샤를르 할아버지의 목소리가 귓가에 크게 울렸다.

"그런데, 몇 시예요?"

"열 시. 시간 가는 줄 모르는 사람들의 시간이지! 아니 더 정확히 말하자면 아주 씩씩한 발소리가 들리는 시간이란다. 미래는 일찍 일어나는 사람들의 것이야! 나는 날마다

여섯 시면 일어나지. 어쨌든, 일어나 있지……."

샤를르 할아버지가 웃었다. 자기가 한 말이 우스웠나 보다.

"열 시라고요! 나는 적어도 열한 시 이전에는 일어난 적이 없어요!"

"애야, 그 습관을 바꿔야 할 거다! 나는 내가 고용한 사람들에게 시간을 정확히 지킬 것을 요구한단다. 그리고 이른 아침에 일을 더 잘할 수 있는 법이란다. 30분 뒤에는 볼 수 있겠지?"

"하지만 그건 불가능해요, 샤를르 할아버지! 베네딕트가 일을 그만두었단 말이에요. 나 혼자서 준비를 해야 한다고요. 옷을 차려입는 데만 한 시간은 걸려요. 또 아침식사 준비도 해야 하고 기왕에 준비한 거니까 밥을 먹어야죠!"

"좋아, 내 오늘은 봐주마. 그럼 열한 시에 만나자! 땡 하면 맞춰 와야 한다!"

샤를르 할아버지는 내 혼을 쏙 빼놓고는 전화를 끊었다. 그래서 그가 좀 뻔뻔스러운 부류의 사람이라는 걸 알았지. 나를 마구 부려 먹으려고 새벽부터 깨워서 오라고 하다니. 내가 아직 그의 제안을 받아들인 것도 아닌데 말이다. 자신이 무어라도 되는지 아나 보지?

전화가 다시 울렸다. 또 그 사람이야.

"그럼, 허락한 거냐?"

그가 물었다.

"예!"

나도 모르게 이렇게 말해버렸다.

너무하는걸! 이렇게 급하게 몰아붙이다니. 거절할 생각이었는데.

"좋아!"

"제가 어떤 일을 해야 하나요?"

"레오가 네게 일러줄 거다."

그 특별한 두 글자, '레-오'가 나를 완전히 깨워놓았어! 몸을 움직여야 해. 내 고용주이자 미래의 시할아버지가 나를 기다리고 있다. 좋았어! 나는 어렵지 않게 휠체어 안으로 미끄러져 들어갔다. 이를 닦고 얼굴을 씻어야지. 완벽해!

나는 주방으로 갔다. 엄마가 식탁 위에 그릇, 우유, 시리얼, 코코아, 버터, 잼, 자른 빵 등을 놓아두었다. 엄마는 모든 것을 생각해두었던 거지.

아니다, 엄마는 모든 것을 준비해둔 게 아니었다. 나 또한 이런 어려움에 부딪치게 될 거라고는 전혀 생각하지 못했지. 우유 잔을 전자레인지에 데우려면 어떻게 해야 하지? 한 손으로는 휠체어를 다루면서 다른 손으로는 잔을 들라고? 불가능해! 휠체어 바퀴를 하나만 굴린다면 나는 아침내내 제자리에서 빙글빙글 돌고 있을 거다. 무릎 위에 우유 잔을 놓고 천천히 전자레인지까지 가면 엎지르지 않겠지? 좋은 생각이야. 아니, 형편없는 생각이야! 뜨거운 우유를 어떻게 내 무릎 위에 올려놓지? 그럼 우유 잔을 쟁반 위에 놓을까? 좋았어!

나는 엄마가 그릇을 정리해둔 조리대 쪽을 보았다. 그리고 가장 알맞아 보이는 찻잔을 집었다. 그건 바로 내가 어머니날 때 직접 손으로 만든 거였다. 예쁜 장식이 되어 있을 거라고 생각하겠지만, 천만에! 나는 무릎 위에 찻잔을 올려놓았다. 좋아! 찻잔에 우유를 따르고 다시 찻잔을 쟁반 위에 올려놓았다. 기가 막힌데! 나는 아주 조심스럽게 전자레인지 쪽으로 미끄러져 갔다. 한 방울도 흘리지 않기 위해서 말이지. 그런데……, 큰일이네! 전자레인지는 오븐 위쪽

선반에 있었다. 나로서는 다가갈 수 없어! 짜증이 나기 시작했다. 우유 데우는 일을 포기할 수도 있을 거다. 하지만 나는 찬 우유가 정말 싫다. 나는 이런 식의 실패를 견딜 수 없다.

이런 속도로 나가다간 아침식사를 마치면 저녁이 될 거다. 사무실에 있는 아빠에게 전화를 해서 조언을 구할 수도 있다. 그렇지만 그렇게 하면 결국 내게 베네딕트가 필요하다는 걸 인정하는 셈이다.

나는 머리를 짜냈다. 기막힌 생각이 떠올랐지. 식탁과 음식 조리대 사이의 거리는 내 휠체어 폭보다 그리 많이 넓지 않았다. 그러니 음식 조리대 위에 냄비를 올려두기만 하면 된다. 그렇게 해서 우유를 옛날 방식으로 데운 다음 냄비 손잡이를 잡고 옆으로 살짝 옮겨 식탁 위에 올려놓기만 하면 되는 거다. 그래, 결정했어!

우유가 세 방울 정도 튀어 오르더니 마침내 끓기 시작했다. 그때 전화벨이 울렸다. 저런, 내 방에 전화를 두고 왔잖아! 엄마였다. 나는 엄마에게 모든 일이 잘되고 있고 주방장처럼 알아서 잘하고 있다고 분명하게 말했다. 엄마는 안

심했다. 하지만 주방장이 주방으로 다시 돌아갔을 때 우유
는 끓어 넘치고 있었다. 냄비는 타고 음식 조리대는 넘친
우유로 흥건했다. 말끔히 청소를 해놓아야 해. 내가 능력이
모자란다는 명백한 증거를 남길 필요는 없잖아. 나는 닦고
또 문질러 닦았다. 하지만 타버린 냄비는 어떻게 할 수가
없었다. 나 자신이 한탄스러웠다. 뭐, 어쩔 수 없지!

시계를 슬쩍 보았다. 열 시 삼십 분이다. 씻을 시간은 삼
십 분밖에 남지 않았다.

욕조에 물을 받아야겠지. 휠체어를 욕조 가까이로 옮기
고. 늘 나 혼자서 한 일이니 잘 안다. 베네딕트에게 내 벗은
모습을 보여줄 수는 없었으니까! 팔의 힘만으로 물속에 살
며시 미끄러져 들어가는 거야. 욕조 가장자리를 두 손으로
잡고 안으로 들어가는 일쯤이야 어린애 장난이지. 그래, 좋
았어!

아니야! 휠체어 등받이에 수건 놓는 걸 잊어버렸어! 그 일
은 내 목욕 준비를 하면서 늘 베네딕트가 하던 일이었거든.

저런! 또다시 전화가 울렸다. 이번에는 전화기를 주방에
두고 왔다. 너무해!

엄마가 올 때까지 욕조에 그대로 있어야 하나? 아니면 물기를 닦지 않고 욕조에서 나가야 하나? 나는 곰곰이 생각해 보았다.

전화가 계속 울려대는데 받지 않는다는 게 쉬운 일은 아니다. 내가 전화를 받지 않는다면 엄마는 경찰을 부르고 말 거다. 소방관, 심지어는 장의사를 부를지도 모른다. 전화벨소리가 잠시 멈추더니 더 요란하게 다시 울리기 시작했다. 선택할 여지도 없이 전화를 받아야 했다.

비누칠을 하고 허겁지겁 몸을 헹군 다음 욕조 밖으로 힘껏 몸을 끌어올렸다. 그러고는 다시 휠체어로 미끄러져 들어갔는데 자리가 온통 젖어버렸지. 옷걸이에 걸려 있던 수건에 손이 닿지 않아 서랍에서 깨끗한 수건을 꺼냈다. 수건으로 몸을 둘둘 감싸고 주방을 향해 내달렸다. 전화는 잠잠했다. 나는 엄마의 전화번호를 눌렀다. 전화를 받는 목소리로는 누구인지 알 수 없었다. 그건 목소리가 아니었다. 고양이 울음소리 같았거든.

"엄마?"

"오, 루이즈!" 하고 엄마가 흥분해서 말했다. "너 왜 전

화 안 받은 거니? 너 때문에 얼마나 겁이 났는지 아니? 그
래서 샤를르 씨 집에 전화를 했어. 샤를르 씨가 별일 없는
지 알아보려고 레오를 보냈어. 내가 문이 열려 있으니 그냥
들어가면 된다고 말해두었어."

이번에 고양이 울음소리를 내야 할 사람은 바로 나였다.

"안 돼! 벗다시피 하고 있단 말이야!"

그때 현관문 소리가 들렸다. 욕실까지 돌아갈 시간이 없
었다.

"루이즈?"

레오 목소리였다.

나는 아무 말도 하지 못하고 조각상처럼 꼼짝 않고 있었
다. 레오는 나를 보지 못하고 주방을 지나쳤다. 나는 주방
에서 커다란 앞치마를 발견했다. 내가 아버지날에 아빠에게
선물한 것이었다. 앞치마를 두르고 서둘러서 레오를 만나러
갔다. 나는 그의 품으로 달려들 뻔했다. 그가 방금 전에 함
께 거닌 바닷가에서보다 훨씬 더 잘생겨 보였다. 꿈속에서
있었던 일 말이다.

"냠냠?"

레오가 나에게 말했다.

"아니야, 내 이름은 루이즈야!"

"그럼, 냠냠 루이즈!"

레오가 내 앞치마를 쳐다보며 말했다. 앞치마에는 '냠냠'이라는 붉은색 글자가 커다랗게 새겨져 있었지.

그 글자는 그 순간의 내 뺨과 귀처럼 붉은색이었다.

"나에게 일어났던 일을 모두 말하자면……. 욕조에 있었는데 그때 전화가 울렸어. 하지만 전화기를 주방에 두고 온 거야, 왜냐하면 우유가 끓어 넘쳤거든. 내가 방에서 전화로 이야기하는 동안에 말이야. 목욕하러 갈 때는 주방에 전화기를 두고 간 거지. 그리고 휠체어 등받이에 수건을 올려놓는 걸 잊어버린 거고……."

"그만!" 하고 레오가 말했다. "마음을 가라앉혀봐. 괜찮은 거니, 루이즈?"

"응."

레오에게 괜찮다는 것을 보여주려는데 그만 울음이 쏟아져 나왔다.

레오는 아무 말 없이 그대로 있었다. 나는 막달라 마리아

처럼 울었다. 콧물이 흘러내렸지만 가까이에 손수건이 없었다. 나는 키친타월 한 조각도 잡을 수 없었다. 그것마저도 너무 높이 있었으니까. 레오가 호주머니에서 휴지를 꺼내 휠체어로 다가오더니 내게 건넸다.

바로 그 순간에 아직 내 무릎 위에 있던 전화가 울렸다. 엄마군.

"정말 안타깝구나, 루이즈." 하고 엄마가 알아듣기 어려울 만큼 빠르게 말했다. "넘어지지 않고서는 걷는 법을 배울 수 없는 법이란다."

"고마워, 다 끝난 일인걸!"

엄마가 자신의 잘못을 깨달은 거지.

"미안하구나. 어디까지 된 거니?"

"솔직히 말해서, 어떻게 해야 할지 모르겠어."

"내가 들어가면 좋겠니?"

"아니, 괜찮아! 그럴 필요 없어. 레오가 와 있어."

"일찍 들어갈게. 알았지?"

"좋을 대로 해. 샤를르 할아버지 댁으로 데리러 와."

"루이즈?"

"또 뭐야?"

"사랑한다."

그래서 화가 풀리고 눈물도 그친 거다.

아, 엄마들이란 다들 똑같아!

나디아의 선물

레오는 내가 옷을 입는 동안 참을성 있게 기다렸다. 내가 준비를 다 마치고 나타나자 레오는 나에게 미소를 지으며 샤를르 할아버지의 서재로 데려갔다. 샤를르 할아버지는 그곳에 없었다.

"잠시 우리 둘이서 일하게 될 거야." 하고 레오가 말했다. "이 시간에 할아버지는 마사지를 받으셔. 내가 뭐든 설명해줄게, 망설이지 말고 내게 물어봐. 여기 수첩이 있어. 적을 데가 필요하다면 말이야."

적어야 할 일은 조금도 없을 거다. 그럴 필요가 없다. 왜냐하면 그의 입에서 나오는 말은 모조리 내 머리의 하드 디

스크에 확실하게 새겨지니까.

그때 그의 할아버지가 돌아왔다.

"어때, 착한 학생이니?"

할아버지가 레오에게 물었다.

"이보다 더 좋을 수는 없어요!"

레오가 나를 쳐다보며 대꾸했다.

살다 보면 시간이 멈추었으면 하는 순간들이 있다. 하지만 그것은 꿈속에서만 가능한 일이지. 레오는 벌써 멀어져 가고 있다.

"나는 옆방에서 할아버지 글을 입력하고 있을 거야. 나가 있을게."

'오, 안 돼! 벌써 나를 버려두고 가면 안 돼!'

나는 레오에게 소리를 지르고 싶었다.

늦은 오후에 엄마가 나를 데리러 왔다. 하루가 어떻게 지나갔는지 모르겠다.

처음으로 저녁 시간 내내 엄마 아빠와 함께 거실에서 보냈다. 여느 때 같으면 저녁식사를 마치자마자 자취를 감추었겠지. 내 방에 혼자 있는 것을 더 좋아했으니까. 하지만 모든 것이 바뀐 것 같다. 다른 누군가에게 조종간을 맡기고 그 사람이 조작하는 대로 움직이고 있는 것 같은 기분이 들었다.

저녁에 잠자리에서 이튿날을 생각했다. 그보다 이튿날이되기를 재촉했지. 하지만 잠이 들 수 없었다. 습관이었다. 사고가 난 뒤로는 잠드는 데 터무니없이 많은 시간을 보냈고, 밤사이에는 늘 너무 고통스러웠다. 병원에 있을 때는 밤을 정말 싫어했다. 병원 복도는 숨죽인 신음과 찌르는 듯한 비명, 고함 등으로 가득 차 있었기 때문이다.

나는 잠을 청하려고 눈이 감길 때까지 책을 읽었다. 엄마가 자러 가기 전에 내 손에서 책을 빼내고 불을 끄곤 한다. 그런데 가만, 지금 나는 읽고 싶은 것이 아니라 글을 쓰고 싶은 거다. 그래, 쓰는 거야, 꾕장한 일기 말이야. 나는 망설이지 않고 책상 서랍에서 병원에 입원해 있을 때 선물 받은 수첩을 꺼냈다. 누구에게 받은 건지 모르겠다. 기억이나지 않아.

표지가 하늘색인 예쁜 수첩이었다. 나는 일기를 써본 적이 없다. 그런 일을 언제나 하찮게 생각했다. 솔직히 말하자면 그런 일은 나약한 짓이고 모범생들이나 하는 짓이라고 생각했지. 아무렴, 바보들이나 생각을 바꾸지 못하는 거지. 자, 해보자고!

나는 수첩의 첫 장을 펼쳤다. 그런데 첫 장은 백지가 아니었다. 갑자기 흥분이 되었다. 수첩 첫 장인 하얀 종이에는 선물한 사람의 인사말이 적혀 있었지.

네가 나를 보는 것도, 나에게 말하는 것도, 내 말을 듣는 것도 원하지 않으니, 네가 나에게(너의 가장 친한 친구인 나에게 말이야) 하고 싶었던 말 모두 이 수첩에 털어놓기를. 루이즈, 그렇게 하면 너는 '빠르게' 회복할 수 있을 거야.

너를 사랑하는 친구, 나디아가

나는 화가 치밀어서 목구멍이 조여드는 것 같았다. 수첩과 만년필을 방 한쪽 구석에 내팽개쳤다. 그리고 울음을 터트렸지.

하지만 폭풍우는 금세 걷혔다. 내가 어리석었어. 나디아는 나를 기쁘게 해주려고 했던 거야. 그리고 고약하게도 그 의도는 성공한 거고. 나디아의 세심함이 느껴졌다. 나는 휠체어 바퀴를 굴려 수첩을 다시 주웠다. 인사말이 적혀 있는 첫 장을 넘기고 글을 쓰기 시작했다. 미안해, 나디아. 내가 속내를 털어놓으려는 사람은 네가 아니야. 넌 내 과거의 삶에 속해 있어. 내가 어떻게 해서든 잊으려는 삶 말이야.

나를 위해 그 장을 넘겨버렸다. 내가 잊고 싶은 삶을 더는 기억하지 않으려는 것처럼 말이다.

사랑하는 레오에게.

너는 내 현재의 삶 속에 있어. 내가 이제부터 떠안으려 애쓰는 삶 말이야. 그 일이 쉽지는 않을 것이고, 아직도 순간순간 나 자신이 분노와 눈물로 가득 차 있다는 걸 잘 알아.

하지만 이제부터의 삶 또한 가득 채워나갈 수 있으리라고 믿어. 내가 이전에 꾸었던 꿈들을 결코 이루어낼 수 없을지라도 말이야. 내 꿈은 승마 챔피언이 되는 것이었어. 사고가 나기 전까지는 모든 것이 순조로웠지. 내가 다시는 일어설 수 없게 된 그 치명적인 낙마 사고 말이야.

예전에는 남자건 여자건 친구들이 꽤나 많았어. 그 아이들과 무척이나 잘 지냈지. 하지만 사고가 난 뒤 나는 그들을 밀어냈어. 왜냐하면 나는 불구가 되어 휠체어에 앉아 있었고, 힘을 잃고 쇠약해져 있는 내 모습을 그 아이들이 본다는 생각을 하면 견딜 수 없었으니까.

사고를 당한 지 어느새 일 년이 되었어. 나 자신을 받아들이기까지 아마도 그만큼의 시간이 필요했던 것 같아. 아니, 나 자신을 받아들였다는 것은 과장된 말이기도 해. 아직도 나는 내 다리를 쳐다보지 못하니까. 내 다리는 가늘고 보잘것없는 두 개의 지팡이 같거든. 많은 시간, 여러 날, 여러 주 동안 나는 아무것도 하지 않고 내 방에 틀어박혀 있었어.

재활치료를 받을 때 물리치료사가 내게 말했어.

"어려움을 극복할 수 있도록 도와줄 사람은 너밖에, 오직 너밖에 없다. 왜냐하면 아무도 네가 느끼는 것을 그대로 느낄 수 없기 때문이란다. 아무도 네 고통을 함께 나눌 수 없어. 물론 네 가족은 그 고통을 느낄 거야. 하지만 네가 느끼는 고통과 똑같을 수는 없어. 그 고통 속에서는 항상 혼자일 수밖에 없지. 물론 그 고통에서 벗어날 수는 있어. 그럴 수 있다는 바람만 있다면 말이야."

나는 그걸 바라지 않았어. 어떤 노력도 하지 않았어. 나 혼자만의 공간에 틀어박히기로 했지.

이전의 삶을 생각하면 얼굴이 찌푸려진단다. 가장 힘든 일은 내가 이 휠체어에서 절대로 떠나지 못할 것이고 더는 춤을 추지도, 뛰지도 못할 것이라고 나 자신에게 말하는 것이야. 그래, 그건 너무 힘든 일이야. 그 생각만 하면 내 모든 결심들이 연기처럼 사라져버리고 목이 메는 것 같아.

나는 일기장을 덮었다. 처음 쓰는 것이니 그 정도면 됐다. 그리고 잠이 들었다. 빨리 아침이 되어 레오를 다시 만나고 싶었다.

이튿날 아침 초인종이 울렸을 때는 이미 세수를 하고 옷을 입고 있었다. 전자레인지까지 가는 일만 남아 있었다. 이제는 그 일을 떠맡길 구세주가 등장했다. 하지만 그리 신통치는 않았다. 우유를 절반이나 엎지르고 토스트는 태워먹었다. 또 내게 사과 주스 대신에 아빠의 오렌지 주스를 큰 잔에 따라주었다. 나는 보통 오렌지 주스를 마시면 속이 굉장히 쓰려 고생하거든. 하지만 지금껏 이렇게 즐거운 아침 식사는 없었다. 레오는 말이 그리 많지 않다. 잘된 일이지. 나도 그렇거든. 그는 다분히 몽상가 타입이다. 아, 사고가 난 뒤 난 늘 악몽에 시달려 왔는데. 레오를 만나기 전까지 말이다.

나는 묻고 싶은 것이 있어서 조바심을 내다가 마침내 말을 꺼냈다.

"휴가는 언제 가는 거야?"

레오는 정원만 뚫어져라 바라보고 있었다. 내 말을 듣지 못했다. 레오는 누구를 생각하고 있는 걸까? 어쨌든 나는 아니다. 휴가를 가서 여자친구와 만날 생각에 젖어 있나? 금발에 살갗이 구릿빛인 멋진 여자애가 달려와 레오의 목에 매달리겠지. 눈물이 맺히더니 코코아에 뚝 떨어졌다. 나는 얼굴을 보이지 않으려고 코코아에 코를 처박고 있었다. 그 때 식탁 위에 올려놓은 내 손을 쓰다듬는 손길이 느껴졌다.

"괜찮은 거야?"

레오가 나를 걱정스런 눈으로 쳐다보았다.

"그래, 그래 괜찮아!"

내 말이 별로 설득력이 없었는지 레오는 주머니에서 손수건을 꺼내 내게 내밀었다.

"그런데 왜 우는 거야, 괜찮다면서?"

나는 속에서 화가 치밀어 올랐다. 그래서 레오에게 이렇게 대답하고 말았다.

"나는 늘 울 만한 이유가 있어, 안 그래?"

레오는 놀라서 눈썹이 치켜 올라갔다.

"내가 토스트를 태워서?"

나는 웃음을 터트릴 수밖에 없었다.

"넌 정말 웃을 때가 훨씬 더 예뻐."

•l리나 까간

 사랑하는 레오에게.

오늘 저녁, 너는 떠나기 전 내 뺨에 손을 얹고 작별인사를 했지. 네 손길은 너무도 부드러웠어. 네 온기가 아직도 느껴져. 네게 휴가 잘 다녀오라는 인사를 할 때는 가슴이 메었지.

네가 보고 싶을 거야, 레오. 네가 돌아오는 날을 손꼽아 기다릴 거야. 내가 너에게 별다른 의미도 아니고 중요한 사람이 아니라는 걸 알고 있을지라도 말이야.

너는 다른 누구에게라도 내 뺨을 어루만진 것처럼 그렇게 했겠지. 그 각별한 손길이 닿았던 사람은 나, 루이즈가 아닌 하찮은 어느 장애인이야.

어느 누구라도 나와 사랑에 빠질 수 없으리라는 것을 나는 너무나 잘 알아. 하지만 어떻게 내가 사랑에 빠지지 않을 수 있겠니? 내 마음은 장애를 입지 않았어! 내가 앞으로 다가올 삶을 얼마나 두려워하고 있는지 네가 안다면 좋을 텐데. 하지만 네가 나에게 그렇게 친절한 건 그저 네가 천성적으로 친절한 사람이기 때문이겠지. 나는 그 사실을 받아들여야만 해. 나는 네게 휠체어를 탄 호감 주는 소녀 이상은 아무것도 아닐 거야!

오늘 아침식사는 우울했다. 어제까지만 해도 레오가 내 옆에 함께 있었는데. 내 옆에 앉아 있었고, 내 토스트도 태워버리고…….

아빠는 주방을 둘러보고 기구들의 위치를 바꿨다. 이제 전자레인지는 내 손이 닿는 데 있다. 어쩐지 장애가 조금은 없어진 것 같았다. 이제 내 일을 다른 사람의 도움 없이도 할 수 있게 되었다. 씻기, 아침식사, 잠자리 준비, 내 방 정리까지 특별히 어려운 일은 없다.

나는 혼자서 샤를르 할아버지 집으로 갔다. 현관을 지날 때도 있고 정원의 작은 문을 지나서 가기도 한다. 할아버지와 함께 일하는 것은 꽤 마음에 들었다. 나는 할아버지가 논문을 작성하는 데 필요한 자료를 조사하는 일이 즐거웠다. 할아버지가 논문을 큰 소리로 읽어주면 나는 그것을 받아 적는다. 그리고 그 글을 컴퓨터에 입력한다. 레오가 그랬던 것처럼 말이다.

샤를르 할아버지는 내가 한 일에 만족스러워하는 것 같았다. 나는 때로는 조용하게 때로는 소란스럽게 할아버지와 함께 지내는 게 좋았다. 할아버지가 이런저런 시사적인 문제로 흥분했을 때는 큰 소리가 나곤 했지.

나는 차에 관해서라면 둘째가라면 서러울 정도가 되었다. 이제 다즐링, 얼그레이, 녹차, 재스민의 향을 구별할 수 있게 되었지. 간혹 할아버지 목에 매달리고 싶을 때도 있었다. 할아버지 덕분에 나는 이제 하루를 헛되게 보내지 않게 된 거다.

날마다 저녁이면 나는 하늘색 일기장을 꺼내 곧 돌아올 레오에게 내 마음속 이야기를 하지.

오늘 아침 나는 단 한 마디만 쓰여 있는 우편엽서를 받았다. '냠냠!'이라고 말이다. 나는 실컷 웃었다. 그가 나를 조금은 생각하고 있다는 증거다. 생트 막심(프랑스 남부의 해안 도시 – 옮긴이)의 예쁜 여자아이들 모두가 그의 매력에 빠져 있다 해도 말이다.

오늘 밤은 날씨가 너무 포근해서 야외에서 저녁식사를 했다. 하지만 이웃집 정원에서 들려오는 목소리 때문에 대화가 갑자기 끊어졌다.

나는 호기심이 일어 귀를 종긋 세웠다. 전에 들은 적이 있는 목소리였다.

엄마 아빠도 그 소리를 듣고 있었다.

꽤 젊고 크레올어 발음이 섞여 있는 목소리가 또 다른 목소리인 조금 칼칼한 노부인의 목소리에 대답했다. 그리고 다시 침묵이 이어졌다.

"루이즈, 저 집에 누가 사는지 아니?"

엄마가 내게 물었다. 내가 그 집 경비라도 되는 양 말이지.

"나는 아무것도 몰라!"

"내가 알고 있지." 하고 아빠가 말했다. "부동산에서 집주인에 대해 말해주었어. '이리나 까간'이라는 노부인이야."

그때 나는 참았던 말을 하고야 말았다.

"그런데 샤를르 할아버지는 그 할머니와 복잡한 문제로 얽혀 있을지도 몰라!"

아빠와 엄마는 깜짝 놀라 내 얼굴을 뚫어지게 바라보았다.

"복잡한 문제라니? 너 무슨 말을 들은 거니?"

아빠가 물었다.

"레오한테 들은 건데, 오래전부터 할아버지가 그분과 사이가 틀어져 있대. 레오도 그 까닭은 몰라."

"이리나, 참 매력적인 이름이군!" 하고 아빠가 말했다. "작은 할아버지가 계셨는데 '이리나'라는 러시아 처녀와 결혼하셨지! 아, 내가 얼마나 좋아했는데……."

"그런데 피에르, 당신 도대체 무슨 말을 하는 거야?"

엄마가 흥분해서 공격적인 태도를 보였다. 그러는 동안 아빠는 사랑에 빠진 듯 추억에 잠겨 아련히 먼 산을 보고 있었다.

"피에르, 당신 나에게 그 여자에 대해 한 번도 말한 적이 없었잖아!"

아빠는 퍼뜩 제정신이 든 모양이었다.

"여보, 나는 그때 아홉 살이었어!"

휴! 겨우 이혼을 피했군.

엄마는 흥분을 가라앉혔고 얼굴빛도 정상을 되찾았다.

"네가 그 외로운 부인을 한번 정중하게 찾아가보면 어떻겠니? 그러면 레오가 말한 그 '복잡한 문제'에 대해 좀 더 자세히 알 수 있을 텐데……."

엄마가 음흉하게 넌지시 제안했다.

그럼 바로 내가 수다쟁이 아줌마 역할을 해야 한다는 거잖아!

옆집

 사랑하는 레오에게.

엄마의 지나가는 말을 흘려들은 게 아니었어. 다른 사람 일에 참견하러 정원 저편으로 가고 싶다는 생각에 몹시 조바심이 났지. 그런데 어떻게 해야 하지? 또 다른 비밀의 문을 찾아볼까? 아니, 이봐 루이즈, 그런 터무니없는 생각을 하다니! 그런 식의 어린아이 같은 생각은 하지 않기로 했잖아. 어떻게 생각해, 레오? 사랑은 이따금 기적을 일으키잖아.

사랑…… 만일 샤를르 할아버지와 옆집 노부인 사이의 복잡한 문제가 엄청난 사랑 이야기에서 비롯된 거라면? 내가 더 알아내야 해. 가장 좋은 방법은 당사자에게 물어보는 거야. 하지만 망설여져. 나는 오히려 그녀가 내 일에 참견

하고 싶어 할까 봐 겁이 나. 네가 옆에 있어서 나한테 조언을 해줄 수 있다면 좋을 텐데. 우리가 함께 이야기할 수 있을 때까지 기다리는 게 좋겠지? 하지만 너를 실망시킬 수도 있어. 인내심은 나와 잘 어울리지 않거든. 나는 무언가를 원하면 당장 해야 해! "그래서?" 하고 나에게 묻겠지. 마침 내일은 토요일이야. 아빠와 엄마가 장을 보러 간 사이 너의 사랑스럽고 정다운 루이즈가 이웃집 벽을 살펴보러 갈 거야. 이상이야!

아빠와 엄마, 나 우리 셋은 정자 밑에서 아침을 먹었다. 나는 정신이 다른 곳에 팔려 있었다. 무성한 담쟁이덩굴에 덮여 있는 이웃집 벽만 보고 있었지. 어쨌든 덩굴은 상당히 무성해서 또 다른 비밀의 문을 숨기고도 남을 정도였다. 나는 조바심을 감추기 힘들었다. 아빠 엄마는 장을 보러 가겠다고 했다. 같이 갈래, 아니면 집에 있을래? 토요일이면 늘 하던 질문이 드디어 튀어나왔다.

"어째서 함께 가지 않으려는 거니, 루이즈?"

아빠 엄마는 내가 어떻게 대답할지 알고 있었다. 언젠가는 함께 장을 보러 가겠다는 대답을 하게 될 것이다. 하지만 오늘은 아니다. 오늘은 정말 그렇게 말할 날이 아니다.

현관문이 닫히자마자 나는 모험 속으로 뛰어들었다. 사실 틀림없이 허탕을 치리라는 생각이 들었다. 하지만 포기하지는 않을 테다. 금방 또 좋은 생각이 떠오를 거야. 자, 시작해야지.

나는 담쟁이덩굴의 장막으로 달려들었다. 더듬더듬 벽을 따라갔다. 내 마술 같은 손가락에 움푹 파인 곳이 느껴졌다. 아무것도 보이지 않았기 때문에 손가락으로 더듬어보았다. 그러고는 몹시 흥분해서 담쟁이덩굴을 뜯어냈다. 내가 발견한 것은 정말 문이었다. 샤를르 할아버지 집으로 통하는 문과 완전히 똑같았다. 녹도 안 슬고 벌레도 안 먹었으며 삐걱거리지도 않는다는 점만 빼고 말이다! 아무 데도 상한 곳이 없어서 손잡이를 내리는 것만으로도 쉽게 문이 열렸다. 반대편 쪽에서 보면 문은 담쟁이덩굴로 가려져 있지 않았다.

이번에는 나를 위협하는 총 따위는 없었다. 내 눈앞에는 아무도 없었다.

나는 위험을 무릅쓰고 휠체어 바퀴를 반쯤 굴렸다. 정원은 기막히게 멋있었다. 장미, 제비꽃들이 조화를 이루며 피어 있었다. 정말 아담하고 멋졌다. 집의 덧문은 닫혀 있었다. 나는 대담해졌다. 휠체어를 한 바퀴 두 바퀴 굴리다 보니 정원 한가운데에 와 있었다. 테라스 근처에 다다르자 흙을 구워 만든 항아리에 색이 옅은 꽃다발이 흐드러지게 담겨 있었다. 이 정원을 가꾸는 사람은 누굴까? 남자인지 여자인지는 모르겠지만 누구든 간에 마법의 손을 가졌네.

좋아, 누구라도 만나고 싶어. 이왕이면 '이리나'라는 분이 좋겠지.

한참을 기다려야 할 것만 같았다. 이건 집이 아니라 잠자는 숲속의 미녀가 사는 성이다! 이젠 지루해서 못 기다리겠어. 저 안에서 무슨 움직임이라도 있어야 하잖아! 다섯까지 센다! 하나……, 둘……, 셋……, 넷……, 다섯. 아무 일도 없잖아!

나는 체념하고 왔던 길을 되돌아가려 했다. 그런데 3층에서 무슨 소리가 들리더니 덧문이 열렸다. 나는 좀 더 기다렸다. 그러자 다른 층의 창문들도 모두 열렸다. 그리고 창문을 연 밀크커피색 손의 주인공이 노래를 부르기 시작했다. 그 뜻은 알 수 없었지만 이곳저곳 발음이 꼬인 한 구절이 귀에 들어왔다. 2층 창문이 모두 열렸다.

나는 조심스럽게 정원의 문으로 다가가 가지가 축 늘어진 장미나무 뒤에 숨었다. 내 뜻대로 되지 않는다면 슬픔을 함께 나눌 준비가 되어 있는 장미나무 뒤로 말이다.

마침내! 내가 좀 전에 보았던 손의 주인공이 젊은 여자라는 걸 알게 되었다. 그 여자가 아래쪽 덧문을 열자 테라스까지 몇 걸음을 옮기는 모습이 어른거렸다. 하지만 그녀는 곧 하던 일을 멈추고 큰 소리로 말했다.

"예, 아씨, 곧 가겠습니다."

그 말을 들으니 내가 좋아하는 영화의 대사가 떠올랐다. 〈바람과 함께 사라지다〉에서 나온 "예, 스칼렛 아가씨!"라는 대사 말이다.

젊은 여자는 집 안으로 사라졌다. 나는 그녀가 다시 나타나기를 참을성 있게 기다렸다. 엄마 아빠가 돌아오기 전까지 말이다.

마침내 그녀가 더 활기차게 콧노래를 부르며 돌아왔다.

그리고 등나무 정자 아래 놓인 탁자 위에 파라솔을 설치했다. 그곳은 이미 그늘이 져 있었는데. 노부인은 해를 그다지 좋아하지 않는 모양이었다. 그리고 탁자에 아침식사를 차렸다. 천천히 콧노래를 부르면서. 나는 그녀에게 "서두르란 말이야!" 하고 소리치고 싶었다. 엄마 아빠가 곧 돌아올 거다. 이러다간 그 '아씨'를 보지도 못할 거야!

저런, 그녀가 마지막으로 탁자를 한번 휙 보더니 들어갔다. 틀림없이 아씨를 찾으러 간 걸 거다. 역시 잘 봤어! 진짜로 얼마 뒤에 그녀는 노부인의 팔을 부축하고 다시 나왔다. 하지만 노부인은 상당히 꼿꼿했고 움직이는 데 전혀 거침이 없었다. 게다가 몸을 움직이는 데 누군가의 도움이 필요한 것 같지도 않았다.

노부인의 용모를 뚜렷이 알아보기가 쉽지 않았다. 엷은 보라색에 가까운 흰 머리카락과 가볍게 날리는 옷깃이 어렴풋이 본 모습의 전부다.

그런데 바로 그때 아빠의 자동차 소리가 들려왔다. 서둘러야 해, 집으로 돌아가야 해! 나는 휠체어 바퀴를 다시 몇 번 굴려 우리 집으로 돌아왔다. 나는 등 뒤에 있는 문을 닫고 담쟁이덩굴 장막을 다시 내렸다. 어쨌든 예전과 다르지 않은 상태였다. 나는 아빠와 엄마가 장바구니를 들고 들이닥친 집으로 다시 돌아왔다.

"얘야, 너무 심심하지는 않았니?"

엄마가 물었다.

그 말 또한 늘 해오던 질문 가운데 하나다. 예전에는 기다리다 못해 지쳐버려서 심심하지 않게 되곤 했다. 하지만 이제는 지루하다는 것이 무슨 뜻인지도 기억이 안 날 정도다.

막 대답을 하려는데, 엄마는 이미 등을 돌리고 아빠가 내미는 장거리들을 바쁘게 정리하고 있었다. 달리 말하자면 엄마는 내 대답을 늘 그리 귀담아 듣지 않는다. 할 수 없지! 내가 세상에서 가장 심심하지 않은 사람이라고 분명하게 말해서 엄마를 놀래주고 말 거다.

사모바르

 우울한 주말이다.

활기찬 소녀가 된 뒤로 나는 아무 일도 하지 않고 있는 것이 조금 거북스러워졌다. 내 휠체어의 바퀴가 나를 그냥 내버려두지 않았고, 호기심은 나를 계속 자극했다. 레오가 없다는 사실에 조바심이 나기도 했다.

나는 엄마 아빠의 감시에서 벗어나고 싶다는 소박한 희망을 한층 더 갖게 되었다. 그럴 수 있는 더없이 좋은 기회는 엄마 아빠가 신성불가침한 낮잠을 자는 시간이고, 그 시간은 늘 일요일 오후 두 시다. 그때가 되면 이번에는 마르탱 집안의 저택이 잠자는 숲속의 미녀가 사는 성으로 뒤바뀌지.

이웃집 정원으로 가기 위해 꿈꾸어온 기회가 오는 거야.

점심을 먹고 난 뒤 아빠는 엄마를 도와 식탁을 치우고 정자에서 함께 커피를 마셨다. 나는 엄마 아빠를 쳐다보았다. 한쪽 눈으로는 두 사람을 보고 다른 한쪽 눈으로는 시계를 보았다.

오후 한 시 삼십 분, 첫 번째 전조가 되는 신호가 떨어졌다. 두 사람은 눈을 끔벅거리더니 입으로 보일 듯 말듯 하품을 삼키기 시작했다. 십 분 뒤에는 둘 다 잠들어 있을 거야.

됐어! 아빠와 엄마 둘 다 아기처럼 곤히 잠이 들었다. 아빠는 그물침대에서, 엄마는 긴 의자에서 잠이 들었다. 한시도 허비할 수 없어!

운이 좋았다. '아씨'가 아직 탁자에 있었다. 하지만 안락의자에서 선잠이 들어 있었다. 아가씨 같은 구석이라고는 하나도 없잖아.

용기를 내, 루이즈! 너의 위험한 호기심을 충족시킬 수 있는 더없이 좋은 기회야.

"안녕하세요, 부인?"

"아가씨라고 불러요!"

그녀는 눈을 감은 채 내 말을 바로잡았다.

"오는 데 왜 이렇게 시간이 걸리는 거예요? 아침 내내 당신을 기다렸잖아요. 잠이 들 뻔했다고요!"

"저를 아세요?"

"그럼요. 어제 아침에 창문으로 봤어요. 그 문으로 다니지 않은 지 반 세기도 더 되었어요. 그래서 문이 열리는 것을 봤을 때 문을 지나온 사람이 틀림없이 다시 올 거라고 생각했지요. 범인은 반드시 현장에 다시 나타나는 법이니까!"

"저는 아무 죄도 저지르지 않았어요!"

"사유지 불법침입죄를 저질렀잖아요, 꼬마 아가씨! 그건 법적 처벌 대상이에요. 하지만 당신을 처벌할 생각은 없어요. 정반대지요. 걱정하지 말아요! 경찰을 부르지는 않을 테니까. 이 시간에 조세핀은 자기 방에서 낮잠을 자고 있어요. 그러니 지금은 우리 둘만 있는 거예요. 조금 낮은 소리로 드르렁거리며 기분 좋게 자고 있지요. 참으로 매력적인 소리죠."

95

그녀는 계속 말을 이었다.

"그런데, 샤를르 영감은 잘 지내나요?"

나는 입을 벌리고 눈을 동그랗게 떴다. 어떻게 알았지?

"잘 지내세요. 그런데 제가 샤를르 할아버지를 안다는 걸 어떻게 아세요?"

"내가 높은 곳에서 꼬마 아가씨를 염탐했지요! 우리 할머니가 마타 하리(네덜란드 출신의 독일 스파이 – 옮긴이)였거든요."

"마타, 누구라고요?"

"알겠어요! 내가 아가씨의 교양 교육을 떠맡아야겠군요! 그 여자는 스파이예요. 유명한, 대단히 유명한 스파이라고요!"

그런데 왜 노인들은 하나같이 내 교육을 떠맡고 싶어 하는 거야! 노인들의 집착이야, 뭐야? 그녀는 내 머리가 복잡한 건 아무 상관 없다는 듯 지붕 쪽으로 눈길을 돌렸다.

"저 위쪽이 내 방들이에요!"

그녀가 위를 가리키며 말했다.

아주 가까이에서 보니 그녀는 피부가 투명했다. 옷 색깔은 접시꽃과 아빠의 수염 색 중간 정도였다.

그녀는 자신의 피부색과 잘 어울리는 손가방을 뒤적이더니 아주 작은 무지갯빛 오페라글라스를 꺼내 당당하게 흔들었다.

"자, 이게 불법 행위에 쓰인 도구예요! 나 또한 완전히 순진한 사람은 아니니까요."

그러고는 어깨를 으쓱해 보였다.

"나는 하루 종일 지루해 죽을 지경이에요. 시간이 나를 죽이기 전에 내가 시간을 죽여야 해요! 아가씨, 책 읽는 거 좋아해요?"

그 질문에 나는 당황했다. 나는 대화를 쫓아가기가 조금 힘들었다. 이 말 저 말 혼란스럽게 이어갔기 때문이다.

"책 읽기요? 음, 예, 조금. 그렇게 좋아하지는 않아요. 어떤 책이냐에 따라 다르죠."

"나는 책을 읽어줄 여자를 찾고 있어요. 프루스트의 작품을 크레올어 발음으로 읽으면 귀엽기는 하지만 난감하죠. 여유 시간이 좀 있나요?"

"여유 시간이요? 음……, 잘 모르겠어요. 늘 샤를르 할아버지와 일을 해서요."

"알아요. 그래서 내가 아가씨에게 시간이 있느냐고 물어 보는 거예요. 그런데 샤를르 씨는 언제 노예제도 옹호자가 되었나요? 아가씨, 철자법은 잘 아나요?"

"꽤 잘 안다고 생각해요."

"아주 좋아요! 나는 비서도 필요하거든요. 그 구두쇠 영 감이 아가씨에게 얼마를 주나요?"

"사실 돈을 달라고 한 적은 없어요. 그냥 소일거리로 그 일을 하고 있거든요!"

"그렇게 말하면 안 돼요! 모든 일에는 대가가 있는 법이 에요. 나는 아가씨가 나와 일했으면 좋겠어요."

그녀는 내가 대답할 틈을 주지 않았다. 예상했던 일이야! 흔히 겪는 노인들 특유의 괴팍함이라니까. 마음 내키는 대 로 행동하는 것 말이야. 그럼 내 생각은 뭐지?

"내 소개를 했던가요? 아니, 내 소개를 하지 않은 것 같 군요. '이리나 까간'이에요."

그녀는 내게 새하얀 손을 내밀었다. 손가락엔 무척이나 화려한 반지가 끼여 있었다.

"루이즈 마르탱이에요."

"알아요."

그녀가 안락의자를 집 쪽으로 돌리며 말했다.

"이제 우리가 서로 알게 되었으니 말을 놓아도 되겠지요? 좋아, 월요일 오후 다섯 시에 보자꾸나! 안녕, 루이즈!"

그녀는 내가 질문할 틈도 주지 않고 말을 끝내버렸다. 그리고 멀어져 가면서 이렇게 외쳤다.

"문 닫고 나가는 것 잊지 마라. 하지만 네가 원할 때는 언제든지 망설이지 말고 그 문으로 건너오거라. 내 사모바르를 준비해놓고 기쁜 마음으로 맞을 테니까."

그녀는 작은 손을 흔들며 집 안으로 사라졌다. 나는 집으로 돌아가는 수밖에 없었다. 그녀의 뻔뻔스러움이 머릿속에서 떠나지 않았다.

나 자신에 대해 화가 난다. 나도 나를 잘 모르겠다. 하지만 결코 입을 다물고만 있어서는 안 되는 거였다. 그녀에게 안 된다고 말해야 했다. 나는 그녀에게 프루스트의 작품을 읽어주고 싶은 마음이 전혀 없다. 그녀의 그것을 옆에 두고

서……. 그게 뭐라고 했더라? 사모바르? 그런데 사모바르가 뭐지?

방으로 가서 사전을 찾아보려는데 아빠가 눈을 뜨더니 말했다.

"괜찮니, 루이즈?"

"응, 응, 좋아. 나 들어갈게. 밖은 너무 더워."

날씨가 너무나 더워서인지 아빠는 바로 곯아떨어졌다.

사모바르? 그 낱말의 철자를 발음나는 대로 추측해보았다. 사전을 찾아보니 다음과 같이 적혀 있었다.

사모바르 : 러시아 주전자로, 뜨거운 물을 끓여 차를 마시는 데 사용된다.

그래! 또 차 마시는 사람이잖아! 나는 차를 과다복용하게 될 거야. 이런 상황이 계속된다면 말이지.

카르페 디엠

오늘 레오가 돌아온다! 오늘은 옷을 화려하게 입기로 했다. 그래서 새벽(아침 8시)에 일어났다. 왜냐하면 할 일이 있으니까.

나는 젖은 머리를 땋아 묶는 대신(앞으로 살아가면서 머리를 땋는 일은 절대 없을 거다) 바람에 자연스럽게 말렸다. 머리카락에는 윤기가 자르르 흘렀다.

옷차장에 대해 말하자면, 그런 일은 별로 즐겁지 않다. 나는 옷가게에 가는 걸 싫어해서 엄마가 내 옷을 사다 주곤 했다. 엄마가 사온 옷은 늘 내 취향이 아니었다. 물론 불만을 말해봤자 소용없지. 엄마는 좋은 기회라도 잡은 듯이 그러니까 자기와 함께 가야 한다고 말할 테니까! 어쨌든 나는 이 문제를 해결해야 한다고 생각했다. 옷장 앞에서 짧은 바지 차림을 하고 있으려니 눈물이 나오려고 했기 때문이다. 낭패다! 정말 보기 흉하고 촌스러워 보였다. 나 자신을 탓하는 수밖에 없었다. 레오가 돌아오기 전에 이 문제에 대해 생각했어야 했는데……. 오늘 당장은 선택의 여지가 없다. 낡은 청바지와 티셔츠로 만족해야 할 거다. 나는 내 모습을 거울에 비춰보고 안도의 한숨을 쉬었다. 레오는 머리 모양 말고는 나에게서 그리 큰 변화를 알아채지 못할 거다.

레오가 자갈이 깔린 길 위로 걸어오는 소리가 들린다. 마음이 흥분되고 뺨이 빨갛게 달아올랐다. 레오가 정원을 지나고 있다. 그가 다가오는 것이 보인다. 볕에 심하게 그을렸군. 내 머릿속에 있는 인상보다 훨씬 더 잘생겼네. 나는 레오를 맞이하기 위해 테라스까지 휠체어를 밀고 나아갔다. 아무리 많이 만나도 소용이 없다. 긴장되기는 번번이 마찬가지다. 레오가 내게 미소를 지으면 마치 전기가 흐르는 것 같다. 내 귀로 불꽃이라도 나오는 게 아닐까 두렵다.

"루이즈!" 하고 레오가 소리쳤다. "다시 만나게 되어 정말 기뻐. 정말 예쁘구나!"

레오는 자신이 내뱉은 말을 확신하는 것 같았다. 나는 쓸데없는 표정을 지어 재회의 기쁨을 망치는 일은 결코 하고 싶지 않았다. '카르페 디엠'이라는 라틴어도 있잖아. '현재를 즐겨라!', 지금 이 순간에 충실하고 내일의 고통은 생각하지 말라는 뜻이잖아. 이제부터 이 말이 나의 좌우명이 될 거야. 나는 그에게 손을 내밀었다. 레오가 손을 잡으면 나는 내 손이 더 잘 느껴진다. 그런데 그가 얼굴을 맞대는 프랑스식 인사를 하기 위해 구릿빛 뺨을 내게 내밀었다. 내 입술이 닿자 그의 뺨에서 싱그러움이 느껴졌다.

"네게 전할 좋은 소식이 있어." 하고 레오가 말했다. "오늘 할아버지가 휴가를 주셨어. 개학 준비를 위해 이것저것 사러 가야 하거든. 그래서 우리가 함께 가면 좋겠다고 생각했어. 할아버지도 너와 함께 다녀오라고 하셨어. 또 너한테 이걸 전해주라고 하셨어."

그러고는 이렇게 덧붙였다.

"네 월급이야. 자, 쇼핑하러 가는 거지?"

나는 너무 행복해서 벌어진 입을 다물지 못했다. 한마디도 내뱉을 수가 없었다.

"가기 싫은 거니?"

레오가 실망스러운 표정을 지으며 말했다.

"그런데, 레오. 나는 사고를 당한 뒤로 집 밖에 나간 적이
거의 없어. 잘 모르겠어."

"그럼 외출할 수 있는 좋은 기회네. 그렇지 않니? 내가
데리고 나갈게!"

"엄마에게 물어봐야 하는데……."

나는 가지 않을 핑계를 찾으려고 애쓰고 있다는 게 느껴
졌다. 마음속으로는 가고 싶어 안달이면서 말이다. 그런데
레오도 그걸 눈치 챈 듯 나에게 전화기를 내밀었다.

"그렇다니까. 레오가 시내로 쇼핑하러 가는데 나를 데리
고 가겠다고 했어. 가도 될까?"

"네가 원한다면 물론이지! 이번 기회에 네가 좋아하는 것
들을 사면 되겠구나."

"좋아, 허락했어, 레오."

내가 수화기를 내려놓으며 말했다.

여태껏 살아오면서 지금처럼 행복한 순간은 없었다. 나는 레오가 미는 휠체어에 앉아서 시내로 갔다. 나는 그곳에서 한 번도 휠체어를 굴릴 필요가 없었다. 진심으로 말하는 건데, 사고를 당하기 전 승마 시합을 할 때에도 지금처럼 심장이 세차게 뛴 적이 결코 없었다. 나는 쇼핑에 빠져들었다. 마치 모든 것에 흥미를 잃어버렸던 시간을 보상이라도 받으려는 것처럼 말이다. 사고 전 내 주요 관심사 가운데 하니었던 옷에도 흥미를 잃어버렸있다. 레오는 나를 안내하며 함께 물건을 골랐다. 레오는 자기 마음에 드는 물건을 찾으면 행복에 겨워 탄성을 질렀고 그렇지 못하면 징징 우는 소리를 냈다. 판매원 언니도 레오의 매력에 끌린 것 같았다. 아니, 우리 같은 별난 커플에 끌린 것 같았다. 나중에는 우리가 판매원에게 신경을 써야 할 정도였다. 레오는 번번이 내 의견을 물었고 나는 행복이라는 작은 구름 위에 떠 있었다. 사실이 아니라도 할 말이 없지만 나는 레오의 여자친구 역할을 한 거였다. 나는 여자아이들의 질투 어린 눈길을 마음껏 즐겼다. 그 아이들은 레오를 눈으로 삼킬 듯이 쳐다보며 이렇게 말하는 것 같았다. "저렇게 잘생긴 애가 장애인과 뭘 하는 거지?" 하고 말이다. 나는 내 또래 여자 아이들의 동정 어린 눈길을 특히 두려워했다. 그런데 지금 은 그런 한심한 여자아이들이 휠체어를 탄 이 가련한 인물 을 부러워하고 있잖아! 이 모든 게 나한테 세심한 주의를 기울이고 있는 레오 덕분이야. 이 세상에서 레오보다 더 친 절한 사람은 없을 거야.

우리는 쇼핑을 마친 뒤에 아이스크림을 먹으러 갔다. 나 는 나의 기사에게 우리 집 담장 너머에 사는 이리나 까간에 게 몰래 다녀온 이야기를 했다.

"정확히 뭘 알아낸 거야?"

"아무것도! 내가 책 읽어주는 여자로 취직된 게 전부야!"

레오가 웃음을 터트렸다.

"너 그 집들에 관한 사연을 아니?" 레오가 돌아가는 길 에 물었다. "모르니? 할아버지가 틀림없이 너에게 그 이야 기를 해줄 거야. 넌 분명 관심을 갖게 될 거고."

사랑하는 레오에게.

결코 끝나지 않았으면 하는 날이 있어. 바로 네 덕분에 맞이한 오늘 같은 날이지. 오늘 저녁, 우리가 함께 산 물건들을 엄마 아빠에게 모두 보여드렸어. 두 분은 너무나 기뻐서 눈물을 참지 못했지. 아빠와 엄마가 울기 시작해서 나도 따라 울었어! 나는 사람들이 너무 행복해도 눈물을 흘릴 수 있다는 사실을 몰랐어.

내일은 네 할아버지께 세 채의 집에 관한 사연을 말해달라고 할 테야.

그 집들에 대해 말하다 보니, 내가 노부인과 한 약속을 까맣게 잊었다는 게 생각나네. 완전 뒤죽박죽이야. 약속을 지키려고 애쓰지는 않았지만 그래도 약속은 약속이고, 모임은 모임 아니겠어! 틀림없이 나한테 화가 나 있을 거야. 내일 아침에 사과하러 가야겠어.

레오와 나는 이웃집 정원에 있었다. 눈앞에는 아무도 없었다. 조세핀도 이리나 할머니도 없었다.

"정문으로 가서 초인종을 눌러야겠지?"

레오가 내게 물었다.

"그럴 필요 없어. 우리를 지켜보고 있으니까."

"네가 그걸 어떻게 알아?"

"저 위에서 우리를 보고 있는 게 틀림없어. 곧 내려오는 게 보일 거야."

맞았어, 루이즈! 이리나 할머니가 우리에게 오고 있었다. 뾰루퉁하고 찌푸린 얼굴을 하고서.

"나는 우리가 서로 동의한 것으로 알고 있었는데!" 하고 이리나 할머니가 투덜거렸다. "널 기다렸어! 널 기다리는 데 내 인생을 허비하게 했다는 걸 넌 알아야 해. 나 스스로도 내가 무엇을 기다리는 건지 모를 정도로 말이야."

이리나 할머니가 웃기 시작했다. 서글퍼 보이는 웃음이었다. 나는 사과를 해야 했다.

"죄송해요. 약속을 까맣게 잊고 있었어요! 레오와 쇼핑을 하러 갔었거든요. 잠자리에 들 무렵에야 우리가 한 약속이 떠올랐어요."

이런 상황에서는 진실을 말하는 것이 좋은 법이다. 그렇지 않으면 사태가 걷잡을 수 없게 돼버리거든. 이리나 할머니가 내 사과를 받아들인 것 같았다. 이내 자연스러운 미소를 되찾았거든.

"레오를 소개할게요. 샤를르 할아버지의 손자예요."

"가까이 오너라. 멋진 청년을 잘 볼 수 있도록."

확실히 그에게 홀딱 빠진 것 같았다.

"넌 네 할아버지를 닮았구나."

이리나 할머니가 한숨을 지으며 말했다.

"너희들에게 차 한 잔 대접해도 될까?"

"고맙지만 안 돼요. 우리를 기다리는 사람이 있거든요. 하지만 원하신다면 오늘 오후 다섯 시에 와서 책을 읽어드릴게요."

"좋아! 그럼 오늘 오후야, 아가씨!"

세 채의 집에 관한 사연

내가 샤를르 할아버지께 옆집들에 대해 이야기해 달라고 하자 할아버지는 먼저 눈살을 찌푸렸다.

"네가 그 집들 이야기를 어떻게 아니?"

할아버지가 찻주전자 쪽으로 가면서 내게 말했다.

"레오가 이야기해주던데요."

샤를르 할아버지는 목소리를 가다듬으려고 헛기침을 했다.

"지난 세기 말에 어느 돈 많은 사업가가 누이와 남동생, 자신을 위해 똑같은 집 세 채를 지었단다. 그는 지금 네 부모가 산 집에서 1942년까지 살았다. 그해에 그는 체포되어 가족과 함께 강제 수용소에 보내졌지. 그래서 군인들이 집을 빼앗았고 독일군 장교들이 집을 차지했다. 그의 누이는 러시아 출신인 '보리스 까간'이라는 남자와 결혼했다. 좀 더 조심스러웠던 그의 처남은 독일이 프랑스를 점령한 뒤 자유지역인 파리로 떠난 것처럼 꾸몄어. 그런데 사실은 가족과 함께 곡식창고에 숨었던 거지. 이웃한 집에 독일군들이 들끓고 있는데 말이다! 누이네는 1944년 4월에 체포되었다. 하지만 전쟁이 막바지에 이르자 운 좋게 셋 모두 빠져나올 수 있었다. 우리 집에 살았던 그의 남동생은 상습 도박꾼에 빚에 몰려 옴짝달싹할 수 없는 폐인이었다. 그는 빚을 갚기 위해 전쟁 전에 집을 내 아버지에게 팔았다. 나와 관련된 부분은 내가 바로 그 집에서 태어난 거지."

샤를르 할아버지는 다시 입을 다물었다.

이야기가 끝난 것 같았지만 사실은 그렇지 않았다. 할아버지가 나에게 밝히지 않고 감춘 부분이 상당히 많았거든. 어떤 질문부터 시작할까? 난처하게 만드는 질문으로 시작해서는 물론 안 돼. 그래서 나는 조심스럽게 처신했다. 결국엔 할아버지와 민감한 이야기를 해야 했으니까. 나는 샤를르 할아버지가 내 눈치를 보고 있다는 걸 알았다. 할아버지는 내가 옆에 있다는 걸 다시 의식하기 시작한 거다. 할아버지는 내가 말을 꺼내기를 기다렸다.

내가 이야기를 시작했다.

"그런데 세 개의 정원 사이에 있는 비밀 문은 언제부터 있었어요?"

"그 문의 기원에 대해 말하자면." 하고 할아버지가 대뜸 말했다. "나는 그 문이 세 집의 아이들이 쉽게 오갈 수 있도록 만들어진 것이라고 생각한다."

"그런데 할아버지는 그 문이 있다는 것을 모르셨나요?"

"몰랐다, 전혀. 문은 풀과 나무로 감추어져 있었지."

"그러면 언제 아셨어요?"

할아버지가 다시 눈살을 찌푸렸다.

"네가 네 발 달린 차로 오는 것을 봤을 때지. 오, 미안하구나! 바퀴 달린 휠체어라고 말하고 싶었는데!"

샤를르 할아버지는 자신의 익살이 즐거웠는지 웃음을 터트렸다. 레오와 나는 흉내 내듯 따라 웃었다. 휴, 분위기가 험악해지지 않아 다행이다.

"내게 그 문을 알려준 사람은 보리스 까간의 딸인 이리나야. 우리는 어린 시절부터 매우 가까웠지. 하지만 그건 과거일 뿐이야. 그 뒤 이리나와 나는 서로 완전히 모르는 사람처럼 지내왔다."

할아버지 눈가에 눈물이 글썽이는 것 같았다. 그냥 그렇게 보인 걸까?

"자, 이제 모든 걸 알게 되었지? 얘들아, 그럼 다시 일을 시작하자!"

모든 것을 알게 되었는데, 모든 걸……. 할아버지가 한 말은 참 알듯 모를 듯했다. 나는 이야기를 듣기 전보다 더 모르게 된 것 같았다. 레오는 하던 일에 곧 다시 빠져들지 모르겠지만 나는 아직 궁금한 게 더 있었다.

"샤를르 할아버지, 이리나 할머니와 왜 사이가 안 좋은지에 대해서는 말해주지 않았잖아요."

"얘야. 그 문제에 대해서는 이야기하고 싶지 않구나. 먼저 그건 너무나 오래되어 시효가 끝나버린 이야기이기 때문이야. 또 그렇게 오래된 이야기를 다시 끄집어내서 무슨 소용이 있겠니? 해가 되는 이야기가 아니더라도 말이다. 나는 이리나를 내 머릿속에서 지우려고 애썼단다. 그런데 예쁘고 귀여운 루이즈 마르탱이라는 아가씨가 단순한 호기심 때문에 조용한 집안에 파문이 일게 해서는 안 되지!"

샤를르 할아버지는 화가 났다기보다는 마음이 언짢은 것 같았다. 할아버지가 나 때문에 화가 나는 건 정말 원하지 않았기 때문에 더는 고집을 피우지 않았다. 내 호기심을 잠시 더 억누르고 있어야 했다. 이리나 할머니의 입을 통해 또 다른 정보를 얻어야지. 어쩌면 더 쉽사리 말할지도 모르니까. 어쨌든 나는 할아버지의 마음을 달래드리고 싶었다. 하지만 지나가는 이야기로 살짝 귀띔하는 말을 할아버지가 어떻게 받아들일지 궁금했다.

"이리나 할머니가 저에게 할아버지 소식을 물었어요."

할아버지는 창백해지더니 다시 얼굴이 붉어졌다. 잘못을 저지른 아이처럼 말이다. 나는 무척 놀랐다. 평생 사랑에 빠져 있을 수 있는 걸까? 확실해! 나는 죽을 때까지, 아니 그 이상 레오를 사랑할 거야!

"너 이리나를 아니? 놀라운 일인걸."

할아버지가 나에게 물었다.

나는 고개를 끄덕였다.

"그럴 줄 알았어야 했는데. 그런 수다스러운 여자라면 틀림없이 너에게 다 말해버렸겠지?"

투덜거리기는 했지만 화가 난 말투는 아니었다. 할아버지의 말에 기분이 조금 나빴지만 화를 내지 않기로 했다.

"그녀가 너에게 뭐라고 하더냐?"

"단지 할아버지 소식을 물었을 뿐이에요. 그게 다예요."

무슨 일이 있어도 이리나 할머니가 할아버지를 구두쇠 영감이라고 말한 것을 털어놓지 말아야지!

"그런데 그녀는 어떻게 지내더냐?"

"제가 보기에는 꽤 좋아 보였어요! 그리고 정말 아름다웠어요."

샤를르 할아버지는 한숨을 짓더니 조그만 원탁 위에 있는 액자에 눈길을 두었다. 그렇다니까! 그와 나란히 있는 아가씨는 아름다운 이리나가 틀림없어!

"아름다웠지. 그녀는 늘 아름다웠단다."

할아버지는 가슴이 찡한 것 같았다.

"얘야, 이렇게 해서 너에게 모두 말해버린 것 같구나. 그럼, 이제는 일을 다시 시작하자꾸나."

괘종시계가 네 시 반을 울리자 나는 서둘러서 일을 정리
했다.

"가봐야 해요! 이리나 할머니가 날 기다려요."

샤를르 할아버지는 휠체어에 나 대신 화성인이 앉아 있
기라도 한 듯이 나를 뚫어지게 쳐다보았다.

"이리나가 널 기다린다고?"

"그래요. 저는 그녀를 위해서도 조금씩 일해요. 실은 저
에게 책을 읽어달라고 부탁했어요. 어제는 바람을 맞혔으
니……. 안녕, 레오! 안녕히 계세요, 샤를르 할아버지!"

레오는 내게 손을 크게 흔들었다. 레오의 미소는 내가
나갈 때까지 내 등을 따뜻하게 감싸주었다.

다행이야. 레오의 눈길이 샤를르 할아버지의 눈길보다
훨씬 더 다정할 테니까…….

사랑 이야기

 역시나 이리나 할머니는 나를 기다리고 있었다. 정자 밑에서 무도회에 가는 옷차림을 하고 말이다. 자신의 눈만큼이나 창백한 푸른빛의 비단 숄을 어깨에 두르고 있었다.

"괜찮다면 안으로 들어갈까?"

이리나 할머니가 내게 상냥하게 말했다.

"싫지는 않아요."

사실 집 안을 보고 싶었고 그 유명한 사모바르가 어떻게 생겼는지도 알고 싶었다.

집 안에 들어가서 보니 기대에 어긋나지 않았다. 집 안은

외관만큼이나 아름다웠다. 천일야화에 나오는 진짜 궁전 같았다니까.

"하루 종일 잘 지냈니?"

이리나 할머니가 손잡이에 은도금이 되어 있는 찻잔을 사모바르의 주둥이 근처로 가져가며 물었다.

"정말 잘 지냈어요! 게다가……."

이리나 할머니는 내가 말할 틈을 주지 않고 대번에 두꺼운 책을 내밀었다. 아마도 내가 잡담을 하기 위해 이곳에 있는 것은 아닌가 보다.

"너도 좋아했으면 좋겠구나. 내가 좋아하는 작가거든. 이 책을 읽고 또 읽고 얼마나 많이 읽었는지 모른단다. 이 책을 읽으면서 항상 큰 기쁨을 느낀단다."

책의 표지에는 이렇게 쓰여 있었다. 《파종과 수확》, 앙리 트로아 지음.

"이 사람은 내 아버지처럼 러시아 출신이다."

"주로 어떤 이야기를 쓰나요?"

"사랑에 대해서란다, 얘야. 항상 사랑에 대해서 쓰지. 왜냐하면 세상을 이끌어야 할 것은, 그렇지 않은 때도 있지만, 증오가 아니라 사랑이기 때문이지."

너무 적절한 순간에 미끼가 던져졌다. 나는 그 기회를 이용하지 않을 수 없었다.

"사랑에 대해 말하자면, 까간 양……."

"이리나라고 불러!"

"샤를르 할아버지가 저에게 당신 이야기를 조금 했어요."

"경우 없는 사람 같으니!"

이리나 할머니가 소리를 질렀다.

"그렇지 않아요. 할아버지는 별 이야기 안 했어요. 단지 세 채의 집 이야기와 두 분이 전쟁 전에 매우 친했다는 사실을 알려주었을 뿐이에요."

이리나 할머니는 눈살을 찌푸렸다.

조금도 진도를 나아가지 못한 게 확실하다. 두 사람에게 말을 하게 하려면…….

좋아, 새로운 시도를 하자.

"부탁이에요. 무슨 일이 있었는지 말해주세요! 샤를르 할아버지에게는 말하지 않을게요. 약속해요. 하지만 할아버지는 아주 서글퍼 보였어요."

이리나 할머니는 코웃음을 쳤다.

"샤를르가 서글퍼 보인다고? 날 웃길 셈이냐, 아가씨! 그는 보란 듯이 재빨리 마음을 바꿔버렸어! 내가 등을 돌리자마자 잠시 만난 평범한 중산층 여자와 결혼을 했다고. 나는 혼자였어. 나는 그에게서 어떤 신호나 몸짓, 말을 기다렸어. 하지만 헛된 일이었지! 내가 돌아왔을 때 그는 결혼을 해서 두 아이의 아빠가 되어 있었어."

"그런데 어째서 떠난 거예요? 어디로 간 거지요? 무슨 일이 있었나요?"

"그 사람이 네게 말 안 하던?"

"아니요. 할아버지는 단지 이런 이야기를 했을 뿐이에요. '괴로운 옛날이야기를 다시 끄집어내서 좋을 것 없다'라고요."

이리나 할머니는 한숨을 지었다.

"좋아. 내 생각이 맞다면, 먼저 너에게 이 괴로운 이야기를 하지 않으면 너 또한 내게 책을 읽어주지 않을 것 같구나."

나는 내가 할 수 있는 가장 예쁜 미소를 지어 보였다. 레오의 미소보다 아름답지는 않지만 저마다 할 수 있는 선에서 최선을 다하는 거지!

"사실 샤를르와 나는 어린 시절부터 아주 가까운 사이였다."

이리나 할머니가 이렇게 말을 시작했다.

"처음부터 우리는 떨어질 수 없는 사이가 되었고 서로 사랑에 빠졌단다. 전쟁이 터지고 독일군이 파리를 점령하자 아버지는 두려움에 사로잡혔지."

"어째서요?"

"왜냐고?"

이리나 할머니는 내 말에 놀라며 물었다.

"우리가 유태인이었기 때문이지! 우리 부모님은 러시아인들이 미쳐 날뛰던 저 유명한 '포그롬'을 한시도 잊지 않았어."

"포그롬이 뭐예요?"

이리나 할머니는 신경이 거슬린 것 같았다. 확실히 나를 얼간이로 여길 게 분명했다.

"도대체 넌 학교에서 뭘 배운 거냐? 포그롬은 유태인에 대한 학살을 말하는 거야. 그 기간에 그들은 여자들과 아이들, 노인들을 마구잡이로 학살했어. 그저 재미 삼아서 말이다."

"그들이 누군가요?"

"저런, 러시아인들 말이야! 그래서 아버지는 두려움에 사로잡혀 거짓으로 자유지역으로 떠난 것처럼 꾸몄지. 그렇지만 우리는 실제로는 떠나지 않고 곡식창고에 숨어 있었다. 아무도 그 사실을 몰랐어. 이웃집에 살고 있던 살로몬 삼촌조차 말이다. 살로몬 삼촌은 가족과 함께 체포되었지. 아버지는 자신의 고객들 중 유태인이 아닌 한 사람에게 집을 팔아넘긴 것처럼 꾸몄다. 샤플리에라는 사람으로, 아버지와 매우 가까운 사이였지. 그의 가족은 우리 집에 자리 잡고 우리에게 식량과 필요한 모든 것을 주었다. 우리는 그 사람들을 전적으로 믿었어. 우리는 삼촌네 가족들이 모두 체포되었고 독일군들이 삼촌네 집을 차지하고 있다는 사실을 알게 되었어. 그래서 한층 더 조심해야 했지. 이 집들의 정원은 서로 이웃하고 있어서, 우리는 옆집으로 우리 소리가 새어 나갈지도 모른다는 두려움 속에서 살았다. 모든 일이 그

럭저럭 잘 돌아가고 있었어. 그런데······."

이리나 할머니의 목소리가 가늘어졌다. 할머니는 늘 손
에서 놓지 않는 손가방에서 레이스 달린 손수건을 꺼내 살
며시 코를 풀었다.

그리고 말을 이었다.

"모든 일이 수월하게 잘 진행되었어. 내가 샤를르에게 작
별인사를 할 수 없었다는 점만 빼고 말이다. 내가 작별인사
나 다른 어떤 말도 남기지 않고 떠난 것이라고 그가 생각할
까 봐, 나는 몹시 괴로웠다. 나는 그 때문에 몹시 힘들었어.
그래서 어느 날 저녁 곡식창고를 몰래 빠져나왔어. 나는 집
을 가로질러 정원 안쪽의 그 문까지 갔지. 그 문에 대해서
는 모든 사람이 잊고 있었다. 나는 완전히 정신이 팔려 있
었어. 나는 삼촌 집이 독일군에게 점령당해 있고 그들에게
발각될 수도 있다는 것을 알고 있었어. 다행히 정원의 안쪽
부분은 담쟁이덩굴이 무성해서 발각되지 않고 샤를르의 집
까지 몰래 들어갈 수 있었지. 그의 방은 맨 아래층에 있었
어. 나는 예전처럼 창문 유리를 두드렸어. 그는 당황스러워
하며 창문을 열었지."

이러나 할머니는 그때 기억이 떠오르는지 미소를 지었다. 슬픈 미소 말이다.

"그 바보는 내가 자유지역에서 돌아온 것이라고 생각했어. 혼자서 말이다! 그래서 나는 그에게 우리가 결코 떠난 적이 없었다고 설명했지. 그는 나를 다시 만난 기쁨에 정신이 없었어. 그때부터 우리는 은밀하게 자주 만났어. 서로 사랑하는 청춘남녀는 무시무시한 폭풍에도 아랑곳하지 않았지. 그런 만남은 두 해 동안 계속 되었어. 나와 부모님이 체포된 1944년 4월 말의 그날까지 말이야! 당시에 나는 엄청난 죄책감을 느꼈어. 나는 독일군들이 나의 은밀한 행동을 알아챈 것이고 나 때문에 우리가 체포되었다고 생각했어. 운 좋게 우리 세 사람은 모두 풀려나올 수 있었지. 전쟁이 끝나고 집으로 돌아와서 내가 처음으로 한 행동은 샤를르를 보러 간 것이었어. 부모님은 나를 말렸지. 내가 그 까닭을 말해달라고 하자 내게 끔찍한 이야기를 들려줬어. '우리를 고발한 사람은 바로 네 친구의 아버지다!'라고 말이야. 나는 그 자리에서 넋이 빠져버렸어. 그 순간 느낀 괴로움을 네게 설명할 길이 없구나. 너무나 고통스러운 날들이 지났지. 그동안 나는 내 방에 갇혀 지냈어. 나는 부모님에게 집을 떠나 기숙사에서 지내면서 공부를 계속하겠다고 했어. 그래서 그를 더는 보지 못한 거야. 나는 방학 때도 절대 집에 가지 않았어. 여름이면 프로방스 지방에서 가족들을 만났지. 그렇지만 나는 샤를르가 나를 다시 보고 싶어 하기를 바랐어. 나는 그가 정말 그러기를 원했다면 나를 찾을 수 있을 거라고 생각했어. 그가 어떤 행동도 하지 않았기 때문에 나는 그가 아무런 잘못도 없다는 생각에 의심을 품기에 이르렀지. 그의 태도를 보고 그가 아버지와 공모하여 우리를 밀고했다고 생각했어. 나는 공부를 마치고 세상을 돌아다니다가 여성 신문사에서 일하게 되었지. 그래서 주로 미국에서 지냈어. 그런데 시간이 흐르면서 내가 샤를르를 잊지 못하고 있다는 걸 깨달았어. 그러다가 부모님에게서 그가 결혼했다는 이야기를 들었지. 그때 나는 그가 너무나 증오스러웠단다."

이리나 할머니는 흐느끼는 목소리로 말했다. 나는 그녀가 왜 체념한 것인지 이해할 수 없었다.

"그런데 왜 샤를르 할아버지를 다시 만나려고 노력하지

않았어요? 어쨌든 할아버지는 잘못이 없었잖아요! 할아버지가 할머니에게 하려는 말을 들어주는 것조차 싫었던 건가요? 할아버지는 자기 아버지가 한 일을 몰랐던 것 아닐까요? 할아버지가 할머니를 고발했다는 사실을 어떻게 알아요?"

"그래, 루이즈. 나는 우리를 고발한 사람이 샤를르의 아버지가 아니라 샤플리에 씨였으면 좋았겠다고 생각했다. 하지만 우리가 체포당한 바로 그날 샤를르의 아버지가 샤플리에 씨에게 와서 자랑을 했단다. 그는 순수한 애국심에서 한 행동이라고 주장했지. 그 멋진 집들은 결국 선하고 정직한 프랑스인들의 소유가 될 것이라고 확신하면서 말이다. 어머니에게 들은 이야기인데, 그는 우리가 돌아온 것을 알고는 새파랗게 질려서 여느 비참한 독일 협력자들처럼 집 안으로 숨어버렸다는구나. 그들은 전쟁이 끝나고 얼마 안 돼 자신들은 모두 레지스탕스였다고 주장한 그런 사람들이었어! 만일 샤를르가 모르고 있었다면, 그가 아무런 책임이 없었다면 어째서 직접 나를 보러 오지 않았을까? 그건 그 정도로 그가 애정이 없었기 때문이야!"

이쯤 되면 뭐라고 이야기해야 할지 알 수 없었다. 관심 가는 부분에 대해 질문을 던져야 하는 상황인데 말이다. 하지만 이야기를 듣다 보니 무언가 납득하기 힘든 점이 있었다. 두 사람 모두 성의가 없었다는 느낌이 들었다.

그래서 이렇게 소리치지 않을 수 없었다.

"어쨌든 정말 바보 같은 짓이에요! 서로 상대방이 먼저 한 발 다가오기를 기다렸다면 사랑이 이루어질 가능성은 없었어요."

"사랑을 이루는 건 불가능했어, 루이즈. 그러니 될 수 있는 한 빨리 잊는 편이 나았지. 내가 그 기억에서 벗어날 수 있었던 때는 떠나거나 도피하는 순간뿐이었다. 나는 실패를 인정해. 어찌 됐든 그 사랑 이야기는 이루어지지 못했으니 실패한 것이지."

이번에는 내가 한숨을 지었다. 시간이 늦어서 돌아가야 했다. 하지만 그 전에 샤를르 할아버지 집으로 달려가게 될 거다. 나는 이리나 할머니와 헤어지면서 조금 혼란스러웠지만 내일 다시 와서 책을 읽어주겠다고 약속했다. 이리나 할머니는 나에게 돌아가라고 손짓했다. 나는 문 뒤편 정원 쪽으로 보이는 샤를르 할아버지 집으로 달려갔다. 잔디밭을 보니 할아버지가 나를 만나기 위해 휠체어 바퀴를 백 번은 굴려 그곳에 와 있다는 걸 바로 알 수 있었다.

어떤 사람들의 불행은……

 "너를 기다리고 있었다."

샤를르 할아버지가 힘주어 말했다.

"왜 저를 기다리셨어요? 그리고 제가 올 거라는 걸 어떻게 아셨죠?"

"내가 그렇게 하고 싶었으니까."

할아버지가 미소를 지으며 말했다.

"또 내가 널 잘 알게 되었으니까 그렇단다, 애야. 네가 이리나 집에 간 까닭이 그녀에게 책을 읽어주겠다는 오직 착한 의도에서만 비롯된 것은 아닌 듯싶다. 네가 원하는 것을 기어코 얻겠다는 생각이 다분히 있었다고 봐. 그것 때문에 너를 나무라지는 않겠다. 그게 오히려 장점일 수도 있으니까. 내가 걱정하는 것은 네가 꼭 필요한 일을 위해 그렇게 분투하는 게 아니라는 점이다."

"왜 그런 말을 하시는 거예요?"

"너 같은 사람은 어떤 상황이건 끼어들어 일을 벌이기 때문이지. 그런데 네가 장애와 맞서 벌인 싸움에서는 지금까지 오히려 도피를 했어. 다른 사람들 이야기에 끼어드는 데 쏟는 힘을 네 문제를 해결하는 데 쓸 수도 있을 텐데 말이다."

나는 화가 치밀었다. 이 사람은 내 단점을 노골적으로 지적하는 버릇이 있어!

"제 걱정은 하지 마세요, 샤를르 할아버지! 제 일은 제가 알아서 해요. 저는 아무 문제 없다고 생각해요. 다른 사람들을 도움으로써 스스로를 도울 수 있을 거예요."

"그렇다면 더는 할 말이 없구나."

"무엇을 알고 싶은 거예요?"

"전부 다! 그녀가 네게 말한 나와 관련된 문제, 우리와 관련된 문제 모두를 알고 싶다! 그녀가 나에 대해 말했을 테니까. 아니니?"

"맞아요, 할아버지에 대해, 그녀 자신에 대해, 할아버지와 관련된 사연에 대해 말했어요."

"루이즈, 얘기해다오. 부탁한다!"

"그런데 할아버지는 그 옛날 이야기에 대해서 더는 말하고 싶어 하지 않은 걸로 아는데요?"

"그래, 맞는 말이다. 나는 그 문제에 대해 말하지 않는 것이 아픔을 잊는 길이라고 생각했다."

갈피를 잡을 수가 없잖아! 나를 우롱하고 있거나 아니면 건망증이 심한 거야.

"저번에 침묵보다 나쁜 건 없다고 하시지 않았나요? 침묵 때문에 오해와 잘못된 판단이 생기는 거라고요."

"인정한다. 내가 그렇게 말했지. 그건 내가 모든 사정을 다 알고 한 말이야."

"사람들은 저마다 나름대로의 해결책이 있는 법이에요. 그렇지 않나요? 이리나 할머니는 잊기 위해서 할아버지에게서 먼 곳으로 떠나야만 했고 숨어야 했어요."

"나도 안다."

"샤를르 할아버지, 이번에는 그 이야기를 저한테 꼭 해주셔야 해요. 할아버지는 아직 저에게 아무 말도 안 해주셨잖아요. 저는 지금으로서는 이리나 할머니 쪽 이야기만 알고 있어요. 그 이야기는 무언가 완전하지 못하다는 느낌이 들어요."

"자, 루이즈. 안으로 들어가자!"

우리가 서재로 들어오자마자 엄마가 현관문을 두드렸다.

샤를르 할아버지는 나만큼이나 난처해하는 것 같았다. 내일까지 기다려야겠군.

엄마가 부엌일을 하는 동안 이것저것 도우면서도 내 머리는 쉴 새 없이 돌아갔다. 엄마도 생각에 잠겨 있다는 사실을 나는 알아차리지 못했다. 나는 샤를르 할아버지와 이리나 할머니 이야기 때문에 혼란스러웠다. 제2차 세계대전에 대해서는 학교에서 충분히 배웠다. 하지만 그 사건은 아주 먼 과거의 일인 것 같았다. 그런데 갑자기 그 당사자들과 직접 관련이 있는 역사와 맞닥뜨리게 된 거다!

그래서 나는 그 일에 대해 엄마 아빠와 이야기해보기로

했다. 하지만 둘은 다른 데 정신이 팔려 있다는 것을 곧 알아챘다. 보통 때와는 뭔가 달랐다. 엄마 아빠는 내가 화를 낼지도 모르고, 어떻게 해결해야 할지 모르는 문제를 두고 나와 이야기하고 싶어 하는 눈치였다. 그래서 내가 먼저 나서야 했다.

"그런데, 무슨 일 있어? 엄마 아빠가 왜 슬픈 표정을 짓고 있는지 말해주지 않겠어?"

엄마가 아빠에게 눈짓을 하자 아빠가 용기를 얻은 듯 말을 꺼냈다.

"루이즈, 네가 학교에 다시 다니는 문제를 어떻게 생각하고 있는지 말해줄 수 있겠니?"

아빠가 내게 물었다.

사랑하는 레오에게.

나는 그 문제가 조만간 내게 들이닥치리라는 것을 알고 있었어. 어느새 입학이 다가온 거야. 나는 결정을 내려야만 해. 초여름만 해도 그 문제는 분명하고 확실했어. 나는 계속 통신으로 수업을 들으려고 했어. 하지만 그 뒤로 상황이 많이 달라졌지. 나는 새 학기부터는 이 지독한 쓸쓸함을 견디지 못할 것 같아. 그러면서도 일반 고등학교에 가는 걸 받아들이기가 힘들어. 운이 좋아 일반 고등학교에서 나를 받아들인다면……. 그래서 오늘 밤에는 엄마 아빠에게 확실하게 대답하기 힘들었어. 어쨌든 내가 계속 통신으로 수업을 듣겠다고 엄마 아빠에게 딱 잘라 말하지 않아서 조금은 위안이 되었을 거라고 생각해. 그 문제에 관해 내 입장이 어느 정도 서 있지만 너와 함께 이야기해봐야 할 것 같아.

다음날 아침 레오가 데리러 왔을 때 나는 레오에게 할 이야기가 무척 많았다. 말을 하려는데 레오가 내 토스트를 열심히 태워먹고 있었다.

"정말 미안해."

레오가 당황한 마음에 얼굴을 붉히며 사과를 했다.

"천만에, 별일 아닌걸. 레오, 나는 탄 토스트를 정말 좋아해."

레오는 웃더니 내 뺨에 뽀뽀를 했다.

"넌 내가 아는 한 세상에서 가장 재미있는 여자애야!"

이번에는 내 얼굴이 화끈거리는 것 같았지만 내색하지 않았다. 레오가 내 마음을 알아채지 못하기를 원했지. 좋았어. 나는 레오가 나를 세상에서 가장 예쁘고 섹시하며 가장 멋진 여자애로 생각하기를 원했는데! 어쨌든 일단은 그 말에 만족하련다.

"얘기해줘!"

레오가 검게 탄 토스트를 코코아에 적시며 말했다.

"네게 말한 것처럼 이리나 할머니와 네 할아버지는 서로 열렬히 사랑했어. 사실을 말하자면 두 사람은 지금도 변함없이 사랑하고 있다고 생각해."

레오는 눈을 크게 떴다. 물론 자신의 늙은 할아버지가 동갑내기 늙은 부인과 사랑할 수 있다는 사실을 받아들이기는 어렵겠지. 나도 안다. 그게 충분히 놀랄 만한 일이라는 걸. 나 또한 믿기 어려우니까. 하지만 이걸 알아야 한다. 그분들이 원래부터 노인이었던 것도 아니고, 우리도 언젠가는 그들처럼 된다는 것을.

"그리고 무슨 일이 있었니?" 하고 레오가 물었다. "두 사람이 왜 결혼하지 않은 거야?"

레오와 내가 서로 생각이 통한다는 사실을 확인해서 기뻤다. 말하자면 '두 사람이 서로 사랑했는데 왜 삶을 함께 하지 않았느냐'라는 생각 말이다.

그런데 문득 한 가지 분명한 사실이 떠올랐다. 나는 식은 땀이 났다. 샤를르 할아버지와 이리나 할머니가 결혼을 했다면 아마도 레오는 이 세상에 없었을 거다. 레오가 여기 내 앞에 앉아서 미소를 지으며 나를 바라보지 못했을 거다. 무언가가 이해되지 않을 때 늘 보이는 그런 모습을 하고서 말이다. 나는 내가 지독하게 이기적인 생각을 하고 있다는 걸 느꼈다. 먼저 잘못을 빌어야겠다. 하지만 어떤 사람들의 불행은 또 다른 사람들에게는 행복이 된다고도 하잖아. 그리고 내 책임은 아니다. 그 둘의 사랑이 이루어지지 않은 게 말이다. 그러니 나에게는 잘된 일이고 두 사람에게는 할 수 없는 일이지. 나 자신을 용서하기 위해서라도 이 상황을 해결하려고 노력할 테다.

혼자만의 생각에 푹 빠져 있는 사이 나는 내 대답을 기다리고 있는 레오가 한 질문을 잊고 있었다.

"자, 루이즈, 어째서 두 사람이 결혼하지 않은 거지?"

아이고, 내 머릿속에 빨간 불이 켜졌다. 뭐라고 대답하지? 역시나 레오의 증조할아버지가 나쁜 사람이었다는 사실을 털어놓을 수는 없었다. 레오의 질문을 피해가야 했지.

"너도 이미 알고 있듯이 상당히 복잡한 문제가 있어. 두 사람은 사이가 틀어졌고 이리나 할머니가 떠난 거야. 하지만 네 할아버지가 오늘 나에게 모든 걸 이야기해주겠다고 약속하셨어."

나는 거짓말을 정말 좋아하지 않는다. 레오에게라면 더더욱 그렇지. 어차피 잠시 뒤면 모든 게 밝혀지리라는 것을 안다. 어쨌든 너무 질질 끌지 않는 것이 좋겠지. 샤를르 할아버지는 조바심이 나서 발을 동동 구르고 있을 거야.

결코 너무 늦은 것은 아니에요

정말로 샤를르 할아버지는 조급해했다. 우리는 서재에 자리를 잡았다.

"얘들아."

할아버지가 시간을 끌지 않고 곧바로 이야기를 시작했다.

"이리나와 나 사이에 무슨 일이 있었는지 너희들에게 분명하게 이야기해야겠다."

샤를르 할아버지는 이리나 할머니가 전날 했던 것과 똑같은 이야기를 했다.

할아버지가 이리나 할머니에 대해 말할 때면 눈이 반짝거리고 목소리는 더 열정적이 되며, 휠체어 팔걸이 위에 놓인 손이 눈에 띄게 떨렸다.

이리나 할머니에게서도 같은 느낌이 들었다. 할아버지를 구두쇠 영감으로 취급하면서도, 할머니의 목소리는 여전히 애정으로 가득 차 있었다.

하지만 할아버지의 이야기는 여자친구가 체포되는 상황에서부터 달라졌다.

"1944년 봄날 아침이었다. 아버지는 사람들이 말하는 것과는 달리 까간 집안 사람들이 자유지역으로 떠나지 않았고, 그래서 붙잡혔다고 말했다. 자신들의 집에 숨어 지내다 잡힌 것이라고. 이웃집을 차지하고 있던 독일군들이 어차피 그런 사실을 알게 되었을 것이라고 아버지가 설명해주더구나. 나는 그 이야기를 듣고는 고통으로 온 몸이 마비되는 것 같았다. 도무지 믿기지 않았단다. 나는 미친 사람처럼 '이리나, 이리나!' 하고 울부짖으며 그녀의 집까지 달려갔다. 샤플리에 집안 사람들은 내 코앞에서 문을 쾅 닫아버리더구나. 당시에 나는 그 까닭을 알 수 없었다. 그래서 집으로 돌아와 눈물을 흘리며 어머니 품에 털썩 쓰러졌다. 그때부터 나는 그녀를 기다리기 시작했다. 마치 미친 사람 같았

지. 공부에도, 내가 그토록 좋아하던 책에도, 아무것에도 더
는 집중할 수 없었다. 밤낮으로 그녀 생각만 했다. 그녀에
대한 사랑으로 쇠약해졌고 거의 아무것도 먹지 않았어. 학
교 친구들과 밖에 나가는 것도 거부했지. 마침내 그녀가 돌
아왔다. 나는 도저히 참을 수가 없어서 그녀 집으로 달려갔
다. 그녀의 어머니는 나를 보더니 울화가 치미는 것 같았고
나에게 자신들을 그만 내버려둬 달라고 아주 퉁명스럽게 말
했어. 아주머니는 나에게 늘 상냥했었어. 그래서 왜 그러는
지 이해할 수 없었지. 아주머니는 이리나가 나를 보고 싶어
하지 않는다며 집에 들어오지도 못하게 했어. 그래서 하는
수 없이 그녀에게 편지를 한 통 보냈다. 답장은 오지 않았
지. 깊은 절망에 빠져 있던 나는 어느 날 또 다른 방법을 찾
으려고 했는데 그녀의 어머니는 이리나가 기숙사로 떠났다
고 알려주었다. 그 뒤로는 그녀를 보지 못했어. 나는 다른
곳에서 나름대로 살아온 거야. 어느 멋진 여자와 결혼해서
예쁜 아이들이 생겼고, 멋진 손자도 얻었지."

할아버지는 레오에게 미소를 지으며 덧붙였다.

"부모님이 돌아가시자 나는 이 집에서 살려고 돌아왔단

다. 나는 내가 이리나를 완전히 잊은 줄 알았다. 몇 해가 흘러서 내가 집으로 돌아왔을 때, 택시 한 대가 그녀의 집 앞에 멈추더니 이리나가 내렸다. 그녀라는 걸 알아본 순간 내가 그녀를 예전처럼, 아니 그 이상으로 사랑하고 있다는 걸 알았다. 그녀는 아름다웠고 기품이 있었다. 나는 그녀에게로 달려갔어. 하지만 그녀의 눈길은 나를 단호하게 거부했다. 그러더니 그녀가 네게 해준 그 이야기를 내게 퍼붓더구나, 루이즈."

"무슨 이야기 말이에요?"

레오가 놀라서 물었다.

"루이즈, 너 레오에게 아무 말도 하지 않은 거니?"

"안 했어요. 쉬운 일이 아닌걸요."

샤를르 할아버지는 고개를 끄덕이더니 한숨을 지었다.

"레오야, 네가 알아둘 일이 있다. 나는 까간 집안 사람들을 고발한 사람이 바로 내 아버지라는 사실을 그날 알았다. 그 이야기는 마치 단두대의 칼날처럼 내게 떨어졌지. 나는 길 한가운데 얼어붙은 듯이 서 있었다. 그러는 동안 그녀는 집으로 사라져버렸다. 몇날 며칠을 나는 단 한 가지 물음에 매달렸지. '어떻게 아버지가 그런 일을 할 수 있었을까?'라는 물음 말이다."

레오 역시 심한 충격을 받았고 눈물이 글썽거렸다.

할아버지가 다시 말을 이었다.

"그녀는 자기 말이 틀림없이 맞다고 굳게 믿고 있는 것 같았어. 그렇지만 나로서는 아버지의 죄를 믿을 수 없었다. 그건 정말 참기 힘든 일이었지. 나는 역사가로서 여러 기록들과 특히 프랑스 시민들이 당시 당국에 보낸 밀고 편지들을 접할 수 있었다. 나는 편지의 수를 보고 현기증이 났다. 1944년의 편지들을 조사하면서 역겨움을 느꼈지. 그 가운데서 우연히 아버지가 쓴 편지를 발견했다. 내 아버지 말이다! 밀고 편지들 가운데 상당수는 익명이었다. 사람들은 자신의 신분을 드러내지 않고 유태인들을 고발했던 거야. 아버지는 그 정도의 양심조차 없었다. 아버지의 편지에는 서명이 되어 있었다. 나는 혐오감을 느꼈어. 아버지 이름이 있다는 사실에 구토가 날 지경이었지. 그리고 이런 생각이 떠올랐다. 이리나는 오랜 동안 내가 아버지의 치욕스런 행동에 대해 잘 알고 있으리라고 생각해왔을 거라고 말이지.

자, 이제는 모든 것을 알겠지!"

할아버지가 말을 끝맺으며 한마디 덧붙였다.

"나는 내가 한 이야기가 네가 이리나에게서 들은 것과 똑같을 것이라고 생각한다."

"맞아요, 하지만 이리나 할머니는 할아버지 편지를 결코 받지 못했을 거라고 생각해요. 이리나 할머니는 사건의 진상을 알게 된 이상 할아버지와 함께 지낼 수는 없었을 거라고 말했어요."

"하지만 당시에 나는 아무것도 알지 못했을 뿐 아니라 이리나가 떠난 이유도 전혀 알 수가 없었다. 그렇게 떠나지 않아도 되었을 텐데. 그 때문에 너무 괴롭구나."

"이리나 할머니도 고통스러워하고 있어요. 적어도 할아버지는 자신의 삶을 다시 시작했고 결혼해서 아이들에 손자들까지 두었잖아요. 할머니는 결혼도 하지 않았고 혼자 남았어요. 곁에 아무도 없다고요."

"알고 있다, 루이즈. 하지만 세월이 흐르고 침묵이 계속되자 그렇게 우리는 헤어지게 된 거야."

"바로 때가 온 거예요! 이번에야말로 해명을 할 때라니까요! 만일 제가 할아버지라면 이리나 할머니를 잠깐만이라도 만나볼 텐데요."

"얘야, 너무 성급하구나! 그렇게 해서는 안 된다. 왜 그녀가 지금 나를 다시 만날 생각을 하겠니? 너무 늦었다."

"절대로 너무 늦지 않았어요. 이리나 할머니가 두 팔을 벌려 할아버지를 환영할 거라고 말하지는 않겠어요. 하지만 할아버지를 만나면 틀림없이 기뻐할 거예요. 할아버지에게 정반대로 말하더라도 말이에요. 여자들은 흔히 자신의 생각과는 다르게 말한다는 사실을 아셔야 해요. 사랑에 대해서도 마찬가지예요!"

레오는 놀란 표정으로 나를 쳐다보았다.

"그런 일에 대해 너는 참 잘 아는 것 같구나!"

레오가 나에게 말했다. 나는 얼굴이 빨개졌다.

"할아버지가 먼저 간단한 글을 써서 꽃과 함께 보내면 어때요?"

레오가 할아버지를 위하는 마음으로 말했다.

나는 레오가 너무 멋져 보여서 그의 목에 매달리고 싶었다.

잊을 수 없는 하루

지금 막 지나가버린 잊지 못할 하루에 대해 이야기해야겠다. 우리 세 사람은 정원에서 점심을 먹고 있었다. 레오와 나는 수다를 떨고 있었는데, 샤를르 할아버지는 옆에 있으면서도 혼자 있는 거나 마찬가지였다. 할아버지의 생각은 온통 다른 곳, 아마도 벽 저편에 가 있는 것 같았으니까! 식사를 마치자마자 할아버지는 한 시간 넘게 서재에 틀어박혀 있었다.

나는 그 틈을 타서 마음에 담아두고 있던 말을 레오에게 꺼냈다.

"그런데 말이야, 나는 고등학교에서 너를 받아줄 거라고 확신해!" 하고 레오가 큰 소리로 말했다. "나는 뭐가 문제인지 모르겠어."

"레오, 나는 너만큼은 확신하지 못하겠어. 엄마 아빠에게 알아봐 달라고 부탁하는 것이 좋을 것 같아."

"우리가 같은 학교에 다닌다면 정말 멋진 일이 될 거야!"

정말 고마워, 레오! 네가 그런 사람이어서 고마워. 나를 그 모든 일들에서 구해주어서 고마워. 레오에게 느끼는 고마움을 한껏 전하고 싶었지만 입술이 흥분으로 떨리는 바람에 얼굴을 다른 데로 돌려야 했다. 하지만 결국 나는 어렵게 말을 꺼내놓았다.

"좋아, 그래, 결정했어! 참, 레오, 내가 학교에서 쉬는 시간에 괴롭힘을 당하면 나를 지켜줄 거지?"

레오는 웃음을 터트렸다. 확실히 내가 웃기는 재주는 타고났다니까!

그때 샤를르 할아버지가 편지봉투를 손에 들고 돌아왔다.

"너희들 꽃가게에 산책하러 가지 않겠니?"

할아버지가 물었다.

두말하면 잔소리지.

"무슨 꽃을 살까요?"

레오가 물었다.

"물론 장미꽃이지!"

샤를르 할아버지와 내가 동시에 외쳤다.

"무슨 색으로 살까요?"

레오가 또 물었다.

"붉은색!"

"몇 송이나 살까요?"

"이번만은 50송이다!"

할아버지가 대답했다.

레오는 '와!' 하고 탄성을 질렀다.

"사랑하는 사람에게 돈이 얼마나 드느냐는 중요하지 않
은 법이다!"

할아버지가 큰 소리로 말했다.

"그런데 제 생각에는 좀 더 쓰셔야겠어요."

할아버지는 눈살을 찌푸렸다.

"그럼, 얼마나 더?"

"잃어버린 세월마다 한 송이씩이요! 지금이 2002년이고 두 분이 1944년에 헤어졌으니까……. 58년이 흘렀어요. 그러니까 58송이요!"

"알겠다, 얘야! 너희들이 꽃가게 주인에게 이 편지를 함께 넣어달라고 해라."

우리가 돌아왔을 때 할아버지는 이상해 보였다. 창백한 얼굴을 하고는 손수건으로 끊임없이 이마를 닦아냈다.

"괜찮으세요, 할아버지?"

레오가 놀라서 물었다.

"사실, 별로 좋지는 않아. 테라스에서 잠이 들었는데 갑자기 가슴에 통증이 느껴져서 잠에서 깼다. 가슴이 눌리는 것 같았어. 숨 쉬기도 좀 힘들었고. 아마도 더위 때문이겠지."

나는 할아버지가 충격을 받아서 그런 거라고 생각했다. 노인들은 허약하잖아. 샤를르 할아버지에게 무슨 일이 일어난다면 더 큰일인걸. 목적지에 거의 다 왔는데 말이야.

"꽃가게 주인이 이리나가 언제 꽃을 받게 될 거라고 하더냐?"

할아버지가 기력 없는 목소리로 물었다.

"내일 아침이면 받을 수 있대요."

"좋아, 나는 그때까지만 살 수 있기를 바랄 뿐이다."

할아버지는 웃으려고 애를 썼지만 기침이 가로막았다.

테레즈가 물약을 가져오는 동안 레오는 의사를 불렀다.

얼마 뒤 의사가 도착해서 샤를르 할아버지와 서재로 들어갔다. 조금 뒤 의사가 레오를 불렀다. 물론 나도 따라 들어갔다.

"내가 보기에는 단지 가벼운 탈수증상인 것 같구나. 날이 너무 더우면 노약자들은 쉽게 탈수증상을 보인다. 물 마시는 것에 신경 쓰고 안정을 취해야 한다. 힘 쓰는 일과 외출은 안 된다. 특히 흥분해서는 안 된다."

저런, 마지막 처방은 지키기 어려울 텐데.

"샤를르 씨가 잠자리에 드는 것을 테레즈가 도울 거다. 지금은 안정이 필요해."

"나는 오늘밤 여기서 잘 거야." 하고 레오가 말했다. "부모님에게 알려야겠어."

"나는 돌아갈 테니 할아버지를 잘 돌봐드리도록 해."

"내가 집까지 데려다 줄까?"

"아니, 정원으로 해서 갈게."

"내일 보자, 루이즈!"

집에 도착하자마자 전화가 울렸다. 틀림없이 엄마일 거야.

"여보세요, 루이즈?"

나는 온 몸의 피가 얼어붙는 것 같았다. 누구 목소리인지 단번에 알았거든. 나는 전화를 끊고 싶었다.

"루이즈!" 하고 전화 속 목소리가 애원했다. "너라는 걸 알아. 네 전화번호를 알아내려고 얼마나 고생했는지 아니? 자, 마음을 열고 말 좀 해봐!"

"네가 원하는 게 뭐니?"

"너를 다시 만나는 것, 너와 다시 이야기하는 것, 예전처럼 너와 함께 지내는 거야. 너처럼 그렇게 친구와 관계를 끊어버리는 법이 어디 있니? 나는 항상 너의 가장 친한 친구였잖아, 루이즈. 우리는 모든 것을 함께했어. 아픔도, 기쁨도, 웃음과 꿈, 열광도 함께 나누었잖아. 네가 그 어처구니없는 사고를 당한 건 내 잘못이 아니야. 보고 싶어, 루이즈! 네가 너무 보고 싶어."

그녀의 목소리는 흐느끼고 있었다. 나는 그녀가 진실하다는 것을 안다. 더구나 그녀는 내가 아는 가장 진실한 사람이다. 나는 그녀에게 이렇게 말하고 있었다.

"나디아, 나도 네가 보고 싶어! 널 얼마나 보고 싶어 했는지 알아?"

어쩔 수 없는 일이지만, 이로써 내 마음이 어떤지 뚜렷하게 드러나 버린 셈이야. 오, 나디아를 다시 만나서 예전처럼 웃음을 터트리며 카펫 위를 뒹굴 수 있다면……. 아니, 이젠 카펫 위를 굴러다닐 수는 없지!

나디아는 전화에 대고 몹시 서럽게 울었다.

"오, 그만! 내가 온통 울음범벅이 되버렸잖아!"

나디아가 웃기 시작했다.

"루, 내 친구 루! 너 옛날 농담 보따리를 되찾았구나! 그건 그렇고, 우리 언제 만날까?"

"될 수 있는 한 빨리, 나드! 네게 하고 싶은 말이 너무나 많아!"

"내일 어떠니?"

"지금 당장은 왜 안 돼?"

"급하기도 하지!"

나디아가 외쳤다.

"얘, 나는 이곳에 어떻게 오는지 잘 몰라. 나는 이제 대중교통을 이용하지 않으니까. 네가 알아봐! 아마 버스나 교외 전철이 있을 거야."

"그런데 좀 늦은 게 아닐까?"

"아니! 괜찮다면 우리와 함께 저녁식사를 하자. 우리 아빠가 밤에 너를 차로 데려다 줄 거야."

"전화 끊지 마! 내가 엄마에게 물어볼게!"

나는 조바심과 행복감에 발을 동동 굴렀다.

"루이즈, 괜찮대. 언니가 너희 집까지 데려다 주겠대. 곧 갈게!"

나는 전화를 끊고는 엄마에게 전화해서 기쁜 소식을 알렸다. 물론 엄마는 자기 귀를 의심했지.

"나디아가 우리와 저녁을 먹어도 돼?"

"되고말고! 내가 사무실에서 조금 일찍 나가 장을 봐갈게."

"내가 엄마를 도우려면 무얼 해야 할까?"

"네가 샐러드용 야채를 씻어놓는다면 참 기특하겠는걸."

"문제없어!"

"아빠에게 전화해서 오늘 저녁에 손님이 온다고 말할게."

나는 흥분을 가라앉힐 수가 없었다. 나는 넘치는 힘으로 야채를 씻었다. 이 순간보다 더 아름다운 삶을 결코 살아본 적이 없다. 한편에는 레오가 있고 이제는 나디아를 되찾았다. 나는 나디아가 휠체어에 앉아 있는 내 모습을 한 번도 본 적이 없다는 사실조차 잊었다.

이제 그런 것들은 대수롭지 않다. 나는 이제 다른 사람의 눈은 개의치 않는다. 내 스스로를 그렇게 가둬버렸었다니 얼마나 어리석었는지 몰라! 그것은 아마도 나중에 다른 사람들에게 나를 더 잘 드러내기 위해 필요했던 과정이 아니었을까? 하지만 레오가 없었어도, 샤를르 할아버지와 이리나 할머니가 없었어도 내가 어려움에서 벗어날 수 있었을까? 내 처지에 대해 전혀 불쌍해하지 않은 그 사람들이 없었어도 말이야. 그리고 변함없는 내 친구 나디아는 지난날의 감정을 버리고 아무런 악의 없이 나에게 오고 있잖아!

마침내 초인종 소리가 들렸다. 나디아였다. 나디아는 계

단 위에 있는 내 품으로 달려들었다. 우리는 둘 다 엎어질
뻔했다.

그때 레오가 나타나는 바람에 우리는 깜짝 놀랐다. 나는
레오에게 나디아에 대해 말할 기회가 없었다.

"내게 소개해줄래?"

레오가 잔뜩 긴장해서 말했다.

"나디아, 레오라고 해. 내 가장 친한 친구인 레오야. 레
오, 나디아라고 해. 내 가장 친한 친구인 나디아야."

나디아는 눈을 크게 뜨더니 나를 쳐다보았다.

"저런, 너 우연하게 이웃이 된 게 아니지?"

나디아가 나에게 살짝 귓속말을 했다.

우리는 결코 헤어진 적이 없던 것 같은 느낌이 들었다.

"할아버지는 어떠시니?"

내가 레오에게 물었다.

"많이 좋아지셨어. 너를 안심시키고 싶었어. 내 생각에
할아버지는 내일이면 좋아지실 것 같아. 전에도 그런 적이
있으니 그렇지 않겠어?"

이런 아이 앞에서 어떻게 정신을 차릴 수 있겠어? 정말

대단해!

"물론이지."

"좋았어!"

레오는 멀어지면서 아쉬운 듯이 웃었다.

나디아를 보니 나디아도 레오의 매력에 빠진 것 같았다.

미안하지만 레오, 오늘 저녁은 너를 붙들 수 없어. 오늘은 내 친구와 단둘이 있어야 해. 우리는 다시 돌이켜야 할 시간이 있거든.

아빠와 엄마가 집에 왔다. 두 손에는 과일, 맛있는 과자, 아이스크림 들이 가득했다. 아빠와 엄마는 나디아를 다시 만나서 행복해했고 우리가 재회한 것을 보고 기뻐했다. 우리의 식사시간이 그처럼 활기찼던 건 참 오랜만이다.

나는 여러 사건들 때문에 엄마 아빠에게 알려야 할 중요한 일이 있었다는 것을 잊고 있다가 문득 그 생각이 떠올랐다.

"나 학교에 다시 다니기로 결정했어! 레오와 같은 학교로 말이야. 그 학교에서 휠체어를 이용할 수 있는지 알아봐야 해."

"반갑고 놀라운 소식인걸!"

엄마가 탄성을 질렀다.

"오늘 하루 동안 반갑고도 깜짝 놀랄 만한 일이 너무 많이 일어나는걸."

아빠가 한술 더 떠서 말했다.

"자, 축하를 해야지!"

아빠가 샴페인 마개를 땄다.

나는 태어나서 처음으로 샴페인을 마셨다. 나디아도 술을 마시고 인상을 썼지.

정말 잊을 수 없는 하루였다.

에필로그

개학이다. 나는 불안해서 속이 뒤틀렸다. 레오가 나를 데리러 왔다. 엄마가 데려다 주겠다고 했지만 그렇게 하고 싶지 않았다. 무슨 일이 있어도 초등학생으로 되돌아가지는 않을 거야!

"준비됐어?"

레오가 내게 물었다.

"준비됐어!"

레오는 내 얼굴 쪽으로 고개를 숙여 나를 살폈다.

"불안하니?"

"조금."

"걱정 마, 모든 게 잘될 거야."

자, 시작이야. 내가 앞장서고 레오는 뒤에서 콧노래를 부르며 휠체어를 밀었다.

레오는 길을 가는 중에 만나는 친구들과 인사를 했다. 특히 여자친구들은 레오에게 달려와 목을 얼싸안더니 나를 뚫어지게 쳐다보았다. 마치 내가 외계인이라도 되는 것처럼 말이다.

"쟤는 누구니?"

여자애들 가운데 하나가 물어보기까지 했다.

"쟤가 아니라 내 친구 루이즈야. 루이즈는 2학년으로 들어갈 거야."

잘했어! 그 여자애는 분한 듯 홱 돌아서더니 엉덩이를 흔들며 멀어져 갔다. 레오와 나는 웃음을 터트렸다. 됐어, 기분이 나아졌어. 아니, 기분이 아주 좋아.

레오는 운동장에 도착해서도 내 곁에 있었다. 졸업반 친구들이 손짓으로 불렀지만 레오는 못 간다고 했다.

"원하면 가도 좋아! 나 혼자 해낼 수 있을 거야."

"그래서는 안 되지. 널 혼자 내버려두고 싶지 않아."

"내가 가라고 하잖아. 괜찮을 거야. 다음 일은 내가 알아서 할 수 있을 것 같아."

"루이즈, 너 아직도 모르겠니? 나는 네 곁을 떠나고 싶지 않아."

만약 내가 서 있었다면 털썩 주저앉았을 거다. 앉아 있었기 때문에 얼굴을 붉히는 것으로 만족해야 했다. 마치 내가 이리나 할머니의 사모바르만큼이나 뜨거운 것 같았다.

"알아듣겠어?"

레오가 다시금 물었다. 내가 확실히 자기 마음을 받아들인 것인지 확인하기 위해서 말이다.

"너도 알잖아. 이리나 할머니와 우리 할아버지가 남은 생애를 위해 다시 만나고 서로 변함없는 사랑을 다져나간다고 해도, 두 사람은 서로에 대한 사랑을 모른 채 시간을 너무 많이 허비해버린 거라구."

그 말이 끝나자 종소리가 울렸다. 레오는 나에게서 멀어지기 전에 내 입술에 입을 맞추었다.

그 다음에 무슨 일이 있었느냐고 내게 물어봐야 소용없다. 아무 생각도 나지 않으니까……

옮긴이 박아르마

서울대학교 대학원에서 프랑스 현대문학을 전공하여 박사학위를 받았다.
지금까지 《로빈슨》《유다》《살로메》《노트르담 드 파리》 등의 인문학 관련 책과
소설을 번역했다. 지금은 건양대학교에서 글쓰기 과목을 가르치고 있다.

열네 살 까탈소녀 루이즈의 희망다이어리

춤추는 휠체어

글쓴이 | 야엘 아쌍 **옮긴이** | 박아르마 **펴낸이** | 곽미순 **책임기획** | 전광철

펴낸곳 | 한울림스페셜 **편집** | 윤도경 윤소라 이은파 박미화 김주연
디자인 | 김민서 이순영 **마케팅** | 공태훈 윤재영 **제작·관리** | 김영석
등록 | 2008년 2월 13일 제318-2008-00016호
주소 | 서울시 영등포구 당산로54길 11 래미안당산1차Ⓐ 상가
대표전화 | 02-2635-1400 **팩스** | 02-2635-1415
홈페이지 | www.inbumo.com **블로그** | blog.naver.com/hanulimkids
페이스북 | www.facebook.com/hanulim **인스타그램** | www.instagram.com/hanulimkids

1판 1쇄 펴낸날 2008년 6월 27일
 6쇄 펴낸날 2020년 10월 20일

ISBN 978-89-93143-15-7 42860
* 잘못된 책은 바꿔드립니다.